U0164891

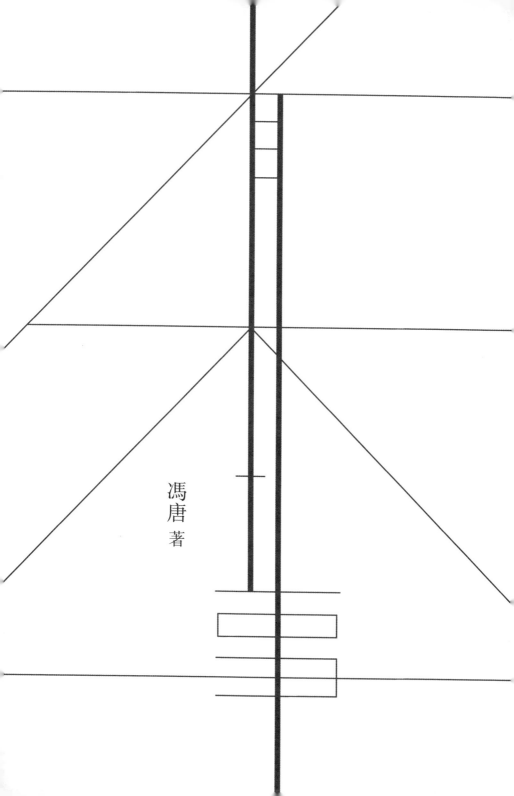

馮唐 著

目錄
Contents

PART 3
如果還有最後一天可以活

PART 4
和好玩好看的人消磨時光

PART 5
一個人的樂園

PART 1

財務自由，
了解一下

盡人力
天意隨

財務自由，了解一下

作為一個詞，財務自由一直被我周圍的人談論，似乎它是另一個更模糊的詞的重要組成部份，那個更模糊的詞叫「安全感」。

檢點 40 歲前，我似乎很少盤算我掙了多少錢、淨資產多少錢、達到財務自由還需要多少錢。40 歲前我還帶着我學醫時的理念，我還是一個手藝人，把手藝修到頂尖，自然會有口飯吃。當被年輕人逼問職場經驗時，我反覆強調的也是，35 歲甚至 40 歲之前，找工作第一看跟着誰能學到甚麼，一定不要看薪酬，薪酬隨行就市、基本符合市場常規就好。因為學手藝太累，一直缺少睡眠，反而在 30 歲左右常常遙想在 40 歲退休。那時候也在寫一個專欄，唯一涉及財務自由的文章是〈掙多少錢算夠〉，2000 年左右預期 2010 年退休，如果有了房子，再有一千萬現金，夠了。現在看，也不算太離譜。

站在生命的中點看生命的終點，財務自由到底是甚麼？

先摸底線：一個人基本像個人樣兒地活着，需要多少錢？我的結論是：真不需要太多。

有了財務自由,沒必要再為稻粱謀了,如果自己樂意,幹點讓自己爽的事兒,這個事兒應該還能給你點收入,如果自己不樂意,那就待着,你就會有大把的時間。我要是有了大把的時間,基本像個人樣兒地活着真不用太多錢。

反正不是出席活動或者開商業會議,衣櫃裏的舊衣服應該夠穿兩百年。我愛吃煎餅,樓下有個煎餅攤兒,各種奢華煎餅配料、加料組合幾十種,加蛋加腸加辣條加宇宙的最高級煎餅 15 塊一套,這樣,吃完全部煎餅套餐組合,一個月就過去了。另外,還可以不吃飯或者少吃飯,聽説斷食和輕斷食都是上流社會永遠的時尚。

在住的方面我運氣比較好,因為在諮詢公司工作時買股票有很多限制,很容易違規,我從來不買股票,很早買了房子。即使還沒買房,即使北京房價很貴,我是住過十多年集體宿舍和很多次酒店的人啊,少存點東西,買個小小的房子也能生活。我問過一個很讚的建築師朋友,一個人到底需要多少平方米的房子才能像個人樣兒地住?他説,12 平方米。

沒了那些必須準時到、準時開始的會議,也就沒必要配專車、配司機了,5 公里內快走,10 公里內共享單車,20 公里內滴滴或者地鐵,20 公里之外考慮一下是否今生真的一定要去。

有了時間之後,各種極致享受都可以負擔了,比如找個沒霾沒風的天氣去護城河邊跑 10 公里,比如不計

時間長短地看閒書（儘管這樣，這輩子還是看不完所有想看的書），比如不上鬧鐘午睡，比如泡古玩店，比如在湖邊和一個美好的女子一起喝涼啤酒看雲彩，比如逛逛那些一直在書本上看過但是一直沒時間去的博物館。

後代們自己有自己的福分，相信國家、相信政府，不必給他們留下甚麼物質財富。我老媽這類父母通常是貪婪的，肉身已經衰老，但是心靈依舊年輕，依舊貪得無厭，希望不花自己的錢而得到一切最高品質的東西。我在和我老媽長期的鬥爭中漸漸意識到，滿足這些老人不切實際的物質要求和讓他們高興完全沒有關係，灑脫的早已半仙，不灑脫的早已沒有一絲一毫覺悟的可能。養親以討歡心為本，但是歡心和給錢沒多少關係。

再探上線：一個人可着勁兒花，需要多少錢？我的結論是：真沒數，但是真沒必要；欲戴皇冠，必承其重，絕大多數人的脖子沒那種負重能力。比如只穿迪奧定制，比如用曜變天目盞喝茶，比如用北宋汝窯梅瓶插花，比如天天焚奇楠香，比如紅酒只喝羅曼尼·康帝或者比自己年紀大的拉菲和拉圖，比如天天吃鄂然捏的壽司和雪崴炸的天婦羅，比如每天醒來在床前看到一幅不一樣的常玉或者趙無極的畫，比如常年住在一個有五百多年歷史的古堡，比如開一輛全球只有十輛的限量版跑車，比如第一批（如果不是第一個）去月亮旅行、去火星旅行。人類的基因編碼很奇怪，有相當的自限和自毀設置。除非是古往今來屈指可數的混蛋，如果一個人真的這樣

生活，很有可能內心慌亂，自己都忍不住懷疑，為甚麼自己配得上這種生活，自己都忍不住幻想，這麼過下去，劈自己的雷很快就會在路上了。

何況，用上千萬建盞喝茶的人很可能說不出建盞的美；天天喝康帝的人很可能分不清羅曼尼‧康帝的真假或者理解頂級紅酒真的妙處；天天吃鄂然或者雪崴做的食物很可能比天天吃各式煎餅套餐更容易厭倦；一個人住古堡的一個房間卻要操心整個古堡的供暖和保安；從啟動到時速一百公里只用了不到兩秒就嚇到了好幾個北京街頭騎電動單車的（儘管他們無照逆行，你撞到他們，你還是要負全責）；在從月球或者火星回地球的路上，你乘坐的第一代飛船很不幸出了第一代飛行器常會出現的引擎故障。

這樣想來，財務自由在極大程度上其實和財務無關，還是和一個人的心智洞明不可避免地糾纏在一起。

我現在有財務自由了嗎？我摸了摸腦子、摸了摸心，還是不確定，就像我不確定我是否有了其他自由一樣。

好智商、好情商不如好習慣

TC 以及我的其他導師：

見信好。

我常常想起各位，想，各位在此時此刻在幹甚麼？人生一場，相遇不傷，都已經是很深的緣份，何況各位還能傾囊相授？

你們有兩點非常一致。

第一點非常一致的是，你們統一認為我不是天才，不能不勞而獲地在瞬間獲取你們辛苦多年所得的學養、經驗、見識和技能。儘管，在這點上，各位都錯了。儘管，我不能讓常人脫離常規的生死，我還是能早於一切我所知的常人看到彼岸，我還是比一切我所知的活人更知道把漢字碼放到它們該在的地方，但是，我還是非常感激你們。成名要晚，太早知道某些事情，不是好事。

你們中的一個在醫學院裏教我用止血鉗打結，說，如果你不夠快，病人就會多流些血。我當時想的是，如果我願意以及我必須，我可以練成東方不敗，用手術縫線打結比所有女生用繡花線打結都快都好，但是，病人的生死似乎和打結快慢沒甚麼相關。後來，我們幾個一

直在宿舍練習打結，本來應該摸女生肉身的手都去摸了縫線。後來，除了我之外的幾個人都成了非常讚的外科大夫。

你們中的另一個在管理諮詢公司裏和我討論客戶面臨的銷售困境，問我：「我們剛才聊的，你多長時間可以總結成一頁紙？」我說：「15 分鐘。」他說：「估計你要 30 分鐘。」最後他對了。後來，我在他的基礎上，改進了對話技巧，我問我的小夥伴：「你覺得你需要多長時間能交稿？」他說：「15 分鐘。」我說：「好的，我等你。」

後來，醫學院的老師也不強調我需要學習甚麼了，他們看到我和他們一樣，一臉蠟黃，一腦門子躊躇，知道，校訓已經傳達到身心靈：如臨深淵，如履薄冰。校訓傳達完畢之後，放手讓這樣的人去做事，不會出大差錯。

後來，管理諮詢公司的大佬也不逼我提前交稿了。死線就是死線，答應之後，死線之前，人沒死，就一定會交稿。在這類管理諮詢公司生存的訣竅是充分自虐：如果你不鞠躬盡瘁，別人如何願意花那麼多錢，那麼信任你？

第二點是，你們都非常強調習慣。一室不掃，如何掃天下？一上街，你就遇上你以為的女神，你就丟魂兒，我如何把我的手包交給你？

我最初的理解是，你們不知道如何辨別天才，你們

不知道如何迅速教會年輕人你們理解的最深的見識，所以只能強調習慣的重要性。後來我的理解是，最深的見識不是教得會的，侯門一入深似海，不悟，誰也幫不上。就算是上師，幫不了你轉運，改變不了你的風水和你二逼一樣的另一半，能幫上的只能是培養你的習慣。

好些朋友帶着他們的孩子在宇宙間晃悠，以為這些孩子是世間僅有的精靈和財富，不在這些孩子身上使盡力氣就是不共戴天。如果我秉承我的導師教給我的智慧，我想説的是：第一，我們目光所及的孩子都是庸才、俗人、路人甲，這是一個統計學常識，天才一定是絕對少數，幾十年、幾百年出一個，為甚麼下一個蘇東坡一定是你手邊這個賤貨？第二，如果你手邊這個賤貨真是蘇東坡，你做甚麼或者不做甚麼都不會改變他一絲一毫，你何必着急和努力？曹雪芹一家凋敝，八大山人國破家亡，完全不影響曹雪芹是曹雪芹、八大山人是八大山人。

如果身為人之父母，一定要努力，那就克服自身的溺愛，培養這些孩子的好習慣吧（如果你不能培養你自己）。

第一，守時。

生命其實只是時間而已，如果一個人不能管理好自己的時間，他其實不能管理好自己的生命。如果一個人屢次失去對於自己時間的控制，這個人距離全面失控不遠了。

守時其實不麻煩，提前 15 分鐘到見面的地點就好。如果不能，就不要約。如果交通不好，可以提前一天住在第二天見面地點的附近。

第二，收拾。

　　你的秩序是你給自己的。你的爛攤子，你不收拾，誰來收拾？別人來收拾，你如何放心？

　　你寫完字，畫完畫，喝完茶，點完香，其實，都沒完。你有恢復一切如初相見嗎？如果不能，你心裏念叨甚麼一切若只如初相見？

第三，閱讀。

　　如果不盡量讀，你怎麼知道之前人類總結過甚麼智慧和傻逼之處？知之為知之，不知為不知，你在你驕橫之時就顯露了你的傻逼之處，虛張聲勢，不敢認慫，但是毫無自信。在走向盲目自信之前，在判斷之前，先多讀點書，世界上一定存在佞人，但是，一定也存在大行家。要謙卑，直到你通過閱讀和親嘗發現他們的弱點。

第四，運動。

　　一病萬事空。我們似乎總認為身體健康強壯是當然的，其實，病原常在周身，不病要靠修心和修身。

　　培養一個運動的習慣，持續做下去，就會有不同。有病，往往就沒尊嚴。

2009 年，中國台灣軍方開始實行被媒體稱為「亞洲最嚴」的體能測試標準：男性軍校畢業生必須在 14 分鐘內跑完 3,000 米；2 分鐘的仰臥起坐，滿分 80 個，及格 43 個；2 分鐘的俯臥撐，滿分 71 個，及格 51 個。任何標準不一定有道理，但是，先找一個標準執行吧。

第五，家務。

自己的事情自己做，不給別人添麻煩。能做到這點的，在我的認知中，已經是賢人。如果在此基礎上，還能幫助別人（包括父母）做些雜事，讓別人的麻煩少一點，這個人一定是賢人中的賢人。

以上五個習慣，如果任何人類個體能有四個，就是超級人類；如果能有五個，就是超級未來人類。

人之患在好為人師，我今後一定努力管住我的一張嘴，不給足大錢，一定不往深裏說。如果有人問卻不給夠錢，我不露齒微笑。餘不一一。

到底甚麼是「二八原則」

　　我在麥肯錫公司工作的時候以及離開麥肯錫之後，一直有人問我：授人以魚，不如授人以漁，你能不能不告訴我制勝的戰略是甚麼，而是告訴我如何制定出這個制勝的戰略？當然，還有一些其他的問題，比如：如何同時多任務工作？如何長時間勞作還能保持體力？如何長時間耐煩還能精神不崩潰？如何做一個估值模型？如何預測現金流？如何做一張 PPT ？如何在半個小時裏講好三十頁 PPT ？如何寫清楚一篇千字文？如何和一個 CEO 在 30 秒內講明白一篇萬言書要説的東西？如何有效地開一個會？如何講價錢？如何優雅地説不？如何面對一個自己實在不喜歡但是又不得不面對的人？如何帶隊伍？如何建立和維繫一個相看兩不厭的世俗關係？等等。

　　大家想知道的是方法論。但是，如果真要講明白這些方法論相關的問題，很有可能需要寫一本三百頁的書；如果真要修煉成這些方法論相關的技能，很可能需要五到十年。如果根器不好，一輩子也沒指望。即使根器再好，這些方法論和技能不是關於世界的哲學原理，不花

一定的時間反覆練習，沒有對路的師父在一旁冷眼旁觀、及時棒喝，也無法頓悟。這些方法論類似世俗的武功，想要掌握，沒有捷徑，沒有類似禪宗佛法的頓悟，只有漸修之路。

在這些眾多的方法論背後，有三個基本原則。這三個基本原則，如果你根器好，細細思量，是可以頓悟的。第一個基本原則是金字塔原則（結構化思維原則，這個我以前有文章寫過），第二個基本原則是科學研究原則（包括假設、事實、邏輯推理的作用等等，這個我將來有時間會寫），第三個基本原則是二八原則。

二八原則的簡單定義是：花 20% 的力氣，實現 80% 的效果。

先要說明的是，二八原則的目的不是幫助你偷懶。這個原則的第一目的反而是幫你成就更多。你花 20% 的力氣實現某件事兒 80% 的效果，你花你剩下 80% 的力氣實現另外四件事兒 80% 的效果，這樣，你花 100% 的力氣就能實現常人 400% 的效果。這不僅是傳說中的「事半功倍」，是「事半功兩倍」。這個原則的第二目的是嚴格約束你不要戀戰。「更好」很有可能是「好」的敵人，「完美」一定是「美」的敵人。如果你追求一個局部的更好甚至完美，你有可能花費巨大的資源和時間，從總體上看，這往往意味着總體的浪費和失敗。這就是傳說中的「打贏了戰役，打輸了戰爭」。

應用二八原則的時候，第一步，要明確你要在甚麼

事情上達到甚麼效果，你要逼自己仔細想，想得越具體越好，並且拿起筆把它寫在筆記本顯要的位置，之後發生困擾時，打開筆記本，重溫它。在世俗的世界裏，人們太容易被潮流、情緒、天氣、他人所影響，很多人做的事情和他們該做的事情無關，他們在該做的事情上的努力和要達到的效果也常常無關。

第二步，確定達到既定效果最重要的三個分析或者三個行動，在確定的過程中，充分利用最直接的信息來源（比如某個子行業有膽有識的專家的判斷，比如你自己的直覺和常識）。

第三步，果斷行動，不必糾結是否已經有了完美的方案，特別是在快速變化的情境中。如果紙上談兵的節奏跟不上市場變化的節奏，那就先打，打了再看，看了打後的結果再調整。

第四步，在達到 80% 的效果之後收手。抬頭看路，大處着眼，重新審視，再次確定為了贏得整個戰爭，下面最重要的三個戰役是甚麼。

紙短理長，很遺憾沒有足夠的字數讓我多舉幾個例子。

遙祝多用二八，打贏戰爭。

跨界不傷胯

　　21 世紀開始這小二十年和 20 世紀結束那小二十年
相比，人活得明顯長了，生活節奏明顯快了，一生一婚
似乎有些不人道，一生一種身份和職業似乎實在無聊。
有一種說法是，2030 年，人類的生物醫學科技就能做到
讓人類永生。即使不能永生，人類平均壽命提高到 120
歲，如果二十出頭初婚就從一而終，跟另外一個人類
一百年不變地天天睡在一起，或許人類基因都會因此發
生某種突變。如果從二十出頭第一份工作就做煎餅，到
生命盡頭的一百年都堅守一個煎餅攤，他一定會成為他
所在城市的煎餅之神。

　　可是，基因突變是絕對小概率事件，在任何一個領
域裏成神也是絕對小概率事件。如果平均壽命 120 歲，
估計我等俗眾還是會更多地從二、三、四而終，還是會
從事第二、三、四份工作或者培養一兩個非常認真的愛
好。這樣，死後的悼詞也可以像那些有大成就的老人一
樣神氣：「今天，我們失去了一位老一代企業管理專家，
一位傑出的煎餅大師，一位花道靈修者，一位創立新的
元素週期表暫時失敗者，一位國際著名旅人，一位為北

京小動物、為保衛世界和平和促進各國人民的友誼和文化交流做出了積極貢獻的政治活動家和國際活動家。此刻，我們的心情非常沉重和悲痛。」

為了配合這一不可逆轉的人類趨勢，最近出現了一個新詞：斜槓青年，我也被群眾揪出來做了斜槓青年（如果不是中老年）的一個代表。具體的表達形式是這樣的：馮唐，詩歌圈公認不是詩人的著名詩人 / 自帶被黑流量的油膩的漢語創造者 / 被老翻譯家一致唾棄的英文譯者 / 顛覆三觀的情色小説家 / 高古玉器和高古瓷器癡迷者 /《資治通鑒》研讀者 / 戰略專家 / 婦科腫瘤研究者 / 醫療創業者和醫療變革活動家 / 一級市場投資者 / 書法圈公認不會寫毛筆字的書道愛好者 / 飲者。

年近半百之後，這些斜槓被戴多了之後，我也常常被問起：是如何做到的？如何做到跨界不傷胯，不扯傷蛋？我細細思量，簡單坦誠，總結三點如下：

第一，專一。

看上去像悖論，但是我認為，如果真的想做出跨界成就，首先需要在某個狹窄領域精進，最好修煉到 99.99% 的人類所不及的程度。其實，很多黑我的人不了解的是，我是個修煉很深的戰略專家（實事求是地不裝不自戀地説）。認真研究卵巢癌已經是二十年前的事兒了，而且也不過是在協和八年最後的三年中。但是這之後的二十年，無論是在麥肯錫做戰略諮詢顧問的九

年、華潤集團做戰略部總經理的數年、華潤醫療創業的數年，還是做一級市場投資的這近三年，平均每週工作九十個小時，其中 80% 的時間是在思考、分析、制定各行各業和組織的戰略：願景是甚麼？使命是甚麼？價值觀和初心是甚麼？中長期目標是甚麼？在甚麼地方競爭？商業模式是甚麼？在保持初心的前提下，如何掙錢、多掙錢、持續性地多掙錢？核心組織能力是甚麼？如果沒有，如何補充？需要哪些資源？如何去得到？在戰略規劃這個領域，做過乙方（諮詢顧問）、甲方（企業），也按照自己制定的戰略創過業，見過豬跑，吃過豬肉，也養過豬。

第二，學習。

跨界意味着要離開自己感覺舒適的領域，來到一個陌生的領域，還要和另外一些這個領域的專家、大神合作或者競爭，能仰仗的終極利器就是學習。仰仗在自身專業領域成為專家的過程中練就的學習能力，仰仗二八原則，認真搞明白一個新領域裏的最核心的三十個專業術語，讀一本此領域裏的經典教科書，纏着問兩個此領域裏的真明白人一人一百個問題。如果有條件，在新的領域中找到一個能給你實際幫助的導師，不需要佔用他很多時間，真困惑的時候，再思考一下，如果還不明白，去問導師，往往在見識上容易突破。

第三，勇敢。

　　儘管有很多成語和古典智慧可以壯膽，「他山之石可以攻玉」「觸類旁通」「治大國若烹小鮮」，但是一個實事求是、心智正常的人剛開始跨界，難免心虛。你已經是某個行業的頂尖專家了，你也埋頭學習了核心知識和技能，這個時候，你需要的是，膽！膽！膽！喝三大碗酒，去景陽岡打虎！儘管你不是打虎的專家，但是你是武松啊，也經過了潘金蓮的考驗。商代巫師們在龜甲獸骨上刻字之前，他們也沒練過王羲之的〈蘭亭序〉。《詩經》裏很多詩人寫詩之前，他們也沒讀過《唐詩三百首》。革命先輩們在延安規劃抗日戰爭和解放戰爭的戰略之前，他們也沒在麥肯錫工作過很長時間。

临什么就做什么

我的投資三原則

講講我的投資心得。

需要提前說明的是，我的投資心得或許嚴重被我的背景所影響：年近半百，成長於中國改革開放最快、最粗放的年代；戰略管理顧問近十年，大型企業集團投資組合管理數年，大型企業集團平台上創業醫療健康企業數年，近期專注投資醫療健康一級市場（不是股票市場）。一孔之見，一家之言，供各位參考。

第一，公心無我。

在我漫長的職業管理人生涯中，我見過太多投資失敗的案例。幸虧我們處在一個人口超級大國興起的過程中，太快太好的增長掩蓋了太多太蠢的投資決定。圈了一塊地，毫無作為十年，忽然發現，比做甚麼都好，地價漲了十倍。即使在這樣一個時代，還是有一些蠢到超乎正常人類想像的投資失敗案例，好些大型企業集團的資產管理部都該在前面加兩個字，叫不良資產管理部。然而，即使在這樣一個時代，我還是見過個別投資人，從不失手，別人賺的時候，他們賺得多些；別人虧的時

候，他們不賠。

我坦誠問過其中我最崇拜的一個老哥：「您投資的秘訣是甚麼？」老哥也坦誠答我：「公心。秉着一顆公心，時刻提醒，關鍵時忘記自我。」

我沒追問，但是細細想了，這句話裏至少有兩層含義。第一是公心。天下為公，投資花錢的時候，不要想一己私利，比如在花錢過程中如何自己掙錢，比如在花錢過程中如何施恩圖報，比如在花錢過程中如何逞一己私慾。第二是無我。即使這個投資項目已經跟了兩年多，即使和上下左右都誇過海口，在最後簽約之前，如果有足夠信息讓你停下來三思而後行，停！克服自己，克服慣性，不要怕麻煩。在這樣的場合，事兒大於人，至少大於你的自我。

第二，不貪便宜。

一種是按市場合理價格甚至比市場合理價格稍高些的價格買一個優質的標的，一種是按低於市場合理價格甚至比市場合理價格低很多的價格買一個一般甚至有瑕疵的標的。如果你有選擇，永遠選擇前者。前者讓你鬧心的時刻只是在付款的一剎那，之後都是開心。後者讓你開心的時刻只是在付款的一剎那，之後都是鬧心。

特別優質的東西，有它自身的道理。作為投資人，你幫它排解一些零星的困擾，它就會像一棵好苗子一樣自然茁壯。

反之，亦然。

第三，以人為本。

這句話似乎全宇宙全黑洞全次元都在説。但是，其一，這真的是真理。人口驅動增長，不然的話，難道是鬼神驅動增長（即使是，也是人信鬼神才驅動的增長）？中國真正的核武器、撒手鐧、必殺技，不是別的，而是十四億勤勞、勇敢、想掙錢過好日子的人民。其二，不是説這句話的人都知道自己在説甚麼。你深問幾個問題，多數人就答不出了：你的客戶是誰？他們呈現甚麼特徵？他們在哪裏？你如何找到他們？隨着年齡增長，他們會產生甚麼變化？他們當中哪些人會流失？甚麼人會替代他們？你的商業模式要如何適應？

無論靠甚麼科技突破和商業模式創新，判斷企業價值時，我們必須面對的是：如何賺錢（如果現在不掙錢，甚麼時候掙錢？你為甚麼這麼認為？），如何多賺錢，如何持續地多賺錢？

人口的需求在變化，有時漸變，有時巨變。比如，我們 70 後幾乎不買正版軟件，如今的 90 後幾乎不知道盜版軟件是甚麼，這對於 B2C 業務意味着甚麼？比如，如今，很多企業必須面對的第一戰略問題是：如果人類平均壽命很快提高到 100 到 120 歲，商業模式應該如何變？

祝各位開心投資，讓世界更美好。

如何看病

　　我們的醫療充滿了各種問題。各種改革思路河東河西、左試右試三十年，每年都取得偉大的勝利和驚人的成就，但是問題似乎並沒有減少，看病依舊難、看病依舊貴，大城市裏的公立三甲大醫院還是人滿為患，恍惚天災，恍惚戰時。

　　充滿問題的醫療環境期望醫生在醫術上物美價廉，在醫德上超凡入聖，獻了青春獻終身，獻了終身獻兒孫。不能免俗的一些醫生也呈現各種吐槽點，奇葩朵朵開。我一個同班同學畢業之後一直留在協和婦產科，在我的印象裏，他是一個極其少見的品行無可挑剔的好醫生，我毫無保留地相信，他永遠會把病人的利益放在他自身利益之上。他是最早一批沒忍住離開公立三甲大醫院的。他總和我說，要以患者為中心，提升患者就醫體驗。我沒忍住，我說你去洗手間，對着鏡子，把鏡子當成女病人，你試着笑一笑，經過這麼多年公立三甲大醫院的磨煉，你看看你還會笑嗎？

　　不是說我們的醫療和醫生沒問題，但是他們的問題不是這篇小文的重點。如果假設我們的醫療和醫生不

會在中短期內有明顯改變，病人各種吐槽沒甚麼用，那麼，在這個不完美的就醫環境中，我們應該如何看病？

雖然我不做醫生很多年了，隔三岔五還是有很多朋友問我各種醫學問題，尋求診療建議，尋找靠譜專家。長時間冷眼旁觀，我看到求醫的一些普遍誤區，我也訪談了幾撥醫生朋友，問他們最不喜歡的病人都甚麼樣兒，他們說了些平時打死都不會說的真心話。特總結歸納看病常識如下：

第一，要尊重大自然的治癒能力，要相信自身的康復潛能。

儘管科技高速進步，如今最好的醫生能做的也只是：偶爾治癒，常常緩解，總能安慰。自然偉大，人類 80% 的不舒服會自癒，我們要學會適度耐心等待。人體偉大，最好的藥是自己的靈與肉，多數的小傷痛和低燒睡一兩個好覺也就好了。所以有一點點不舒服，在排除了心梗、中風、胰腺炎、闌尾炎等急重症之後（當然，如果較真兒，這個急重症單子因人而異，需要您信任的全科醫生幫您確定），不要馬上就往醫院跑，多喝水，多休息，放下手機，放下心中那些似乎放不下的所謂大事兒，等等看，看症狀是否緩解。這條也適用於兒童，兒童的自癒能力往往強於成人。

第二，請遵從醫囑。

看醫生之後，治療失敗的最大原因是不遵從醫囑。一旦開始吃抗生素，吃滿醫生要求的天數。一旦開始吃降壓藥，按照醫生說的劑量和頻次吃。身邊慘痛的例子太多了，不一一列舉了。

第三，不要總覺得自己的病沒好。

如果純從掙錢的角度看，女人和小孩兒是最好的病人。女人總覺得病根兒沒除乾淨，還在自己的身體裏，像階級敵人一樣頑固，自己孩子的病更是。男人相反，總覺得自己沒病，幾乎唯一的例外是得了性病之後，總覺得自己尿急、尿頻、尿痛。這種心態遇上好醫生，給好醫生添麻煩；遇上壞醫生，給壞醫生過度醫療的機會。

第四，自學一點基本的醫學知識。

常見的常識錯誤包括：乳房不舒服去看婦產科（應該去看乳腺外科），磁共振成像（MRI）有輻射（其實沒有），婦產科男醫生沒有好的（其實有的，就像很多優秀的廚師和裁縫是男的），等等。如果想系統學習，建議看一本《內科學》教材和一本《外科學》教材。如果不想花那麼多時間，建議經常看看微信公眾號「東單九號院」發佈的靠譜的醫學科普文章。

第五，不要過度迷信名醫。

現代醫學的分科很細，院士或者主委級別的醫生也只是他們那些細分領域的大專家，那些細分領域之外，他們可能不如某些副教授或者主治醫生。複雜手術需要很強體力和心力，如果有選擇，還是別把自己的肉身交給太高齡的醫生，哪怕他名滿天下。

第六，適度閉嘴，把問診的主導權交給醫生。

「最煩的是，上來就滔滔不絕，不得要領，醫生忍無可忍插句話或者提醒一下時還指責你不讓她説話。」

第七，不要過份激動，淡定，慢慢在醫生的引導下闡述自己的病情。

「上來就哭哭啼啼求救，你甚麼都不告訴我，我問你，你也不回答，我怎麼救你？」

第八，不要認為可以通過國內搜索引擎和閱讀而成為某個病種的大專家。

醫生問診的時間有限，不要讓它花在更正你對某些醫學知識的誤解上，更不要讓它花在教你如何做診治上。多問問：這個異常意味着甚麼？問題嚴重嗎？我有哪些選擇？利弊是甚麼？我該如何選？這麼選有甚麼可能的風險？有甚麼辦法可以降低這種風險？另外，中藥也是

藥,中醫也是一門學問,植物藥也要面對土壤、水、空氣中可能的污染,不建議有事兒沒事兒自己按照自己的理解、自學和百度找藥吃。

第九,不要強索醫生的手機號碼,不要強加醫生的微信。

醫生有權不把某個病人當成親朋好友,也有權在診療之外的時間不回覆你的問題。

第十,不要覺得醫生都是騙子。

儘管有個別醫生的確是騙子,然而已經選擇了某個醫生來看病,還是先選擇相信他吧。也要相信他,如果他是個好醫生,如果他處理不好你的病情,他會幫你找到更合適的醫生。再有,既然選擇了某個醫生,就不要逼着他幫你證明其他醫生比他更好。「『大夫,某某醫院的某某專家怎麼樣?』哇靠,你如果覺得他好,你來找我幹嗎?」

醫生不是萬能的,病不是都能被治癒的。信任是看病的基礎。在這個誠信不足的就醫環境裏,我們最好的就醫方式還是謹慎地選擇相信醫生。

常識救命

　　我被一篇〈流感下的北京中年〉刷屏，讀完夜不能寐，為逝者默哀，為生者祈福，為醫者加油。

　　儘管生死有命，但是學醫的人深知，醫學、醫院、醫生不過是在無限玄妙的生命中延緩向死而生的時間，可能是一天，可能是很多年，也可能只是短短一秒。

　　系統就是系統，個體就是個體，常識救命。可惜的是，常識並不常見。挑了些常識下筆，只為了能讀到這篇文字的人可以通過這些常識救自己和身邊的人。醫者仁心，度己度人，但求每個家庭都少一些悲傷，多一些生機。

　　1、矛盾：南方和北方的矛盾是不可調和的，教育水平和宗教信仰的矛盾也一樣。更簡短一些說，任何個體的根本矛盾也一樣。

　　2、中庸：人不要太擰，多數時候（特別是在嚴酷環境裏以及想多樂活的時候）不要太由着自己性子幹，不要總躍躍欲試鬥天鬥地鬥空氣。比如，少信莫名其妙的養生，少吃莫名其妙的補品。比如，根據自己冷暖增減衣物。

3、**個體**：一個屋頂下，最好只有一個最後決策者，如果因為生活瑣事產生矛盾，協調不了，都歸她／他定。如果無法在一個屋頂下，最好分開各自過各自的。因為生活細節不合但是非要一起過而造成的人間慘劇遠遠多於因為三觀不合但是非要一起過而造成的慘劇。如果不想過，但是不得不在一個屋頂下，那就把相處的規則談談清楚，寫下來，貼在牆上。一旦產生矛盾，隨時參考。（對於多數人類，用鞋底子抽根治不了牙痛，光膀子坦誠面對冬天不能增強抵抗力。）

4、**孩子**：最好不要讓自己的父母輩帶，否則難免糾纏和糾結。

5、**早治**：有些增強免疫力、對抗感冒的藥，有些能緩解早期感冒症狀的藥，已經證明對廣大人群有效而且副作用很小的，盡早吃。

6、**喝水**：如果實在不願意吃任何藥，使勁兒喝水吧，不要嫌去廁所麻煩。

7、**傳染**：感冒是能通過空氣傳染的，無論是細菌性的還是病毒性的。打噴嚏時，盡量捂着嘴，別衝着別人。打很多噴嚏時，戴口罩。

8、**緩解**：如果處理得當，病前基本健康的人三到五天會緩解。給醫生和藥物一些信任，病來如山倒，病去如抽絲，藥物和自身免疫見效，需要一些時間。但是，如果三到五天還是不見明顯緩解，需要找更有經驗的醫生看看，看看診斷是否準確、治療是否得當。（男性傾

向於怕麻煩，總覺得自己沒事兒；女性傾向於自怨自憐，總覺得自己的事兒很大，過猶不及，注意平衡。）

9、危險：人體的抵抗力通常很強，但是也有抵抗不住的時候，甚至有兵敗如山倒的時候，哪怕小小的感冒也會轉肺炎、多器官衰竭。對於感冒的這種進展，長期抽煙的人尤其要注意。

10、市場：目前醫療服務市場作為整體還不是一個市場化的市場，之後很久也不會。這個事實或者判斷意味着，很多需要找醫生的時候，你需要抓起電話找熟人，即使是在改革開放四十年之後的 2018 年。這個事實或者判斷意味着，你 35 歲之後，需要多認識幾個醫生朋友，請對他們好一些。

11、免責：目前醫療服務市場作為整體還不是一個市場化的市場，之後很久也不會。這個事實或者判斷意味着，有些公立醫療系統的第一動力不是創造價值而是免責。別去和這個系統內的個體較勁兒或者為難他們，哪怕她／他是院長。

12、學科：我們的醫療體系演進到今天，形成了一些總體學霸、專科學霸、巨無霸，存在即有一定合理性，任何個體病人或者醫生都撼動不了這個現實，所以，請面對它。（具體排名、口碑、真實情況就不一一闡述了。）

13、未知：現代醫學演進到今天，即使拋開中醫不談，還遠遠不是一個嚴格意義上的科學，有很多未知。

比如，我們並不完全知道，SARS 如何來的以及如何去的。

14、**找床**：過去四十年都沒有一個非常明晰的系統，現在也沒有。將來，呵呵。

15、**新藥**：除了私運和私用，我們過去近七十年不能合法用上最新的藥物，現在也一樣。

16、**學醫**：很多有大病就醫體驗或者陪診體驗的人慨嘆，不能讓孩子學醫。放心吧，抽樣調查顯示 80% 的醫生已經不讓孩子學醫了。放心吧，協和能從北京、上海、江蘇、浙江等高考省市挑狀元的日子已經一去，不知道何時能復返了。

17、**費用**：有些醫療費用是不在醫保範圍內的。醫保並不能保一切。

18、**交流**：和患者及其家屬交流很可能應該佔據醫生一半以上的時間，但是現在的系統裏做不到。

19、**保險**：健康險的大問題不是賣不出去，而是因為沒有準確而完整的大數據無法為產品定價，而是因為誠信問題而被反向購買，而是因為誠信問題被非承保客戶盜用。

20、**遺囑**：40 歲之後或者身體有明顯不舒服之後或者創業之前，還是找個律師立好。又，和關係最近的有簽字權的人說好，在現代醫學條件下，你想被治療到甚麼程度？〔在你威脅（「如果你在我無法自由表達我意志之後，不照着我之前的意志辦，你現世和來生會如何

如何」）你關係最近的有簽字權的人之前，你最好找個靠譜的醫生幫你定義一下你想被現代醫學治療到甚麼程度。〕

21、**遺體**：太平間不一定是殯儀館必需的前一步，但是像所有一切一樣，證明還是最重要的，比如你如何證明你是你、你是你媽的兒子，比如你如何證明某個屍體已經死去。

22、**生死**：人死之後，被做的一切都是給活人看的，而且受制度所限，難免不滑稽可笑。逝者為大，餘不一一。有生必有死，花開花落，本一不二。

伏願龍華三會，一時成佛。

壓榨一下肉身的創造力

　　晉人干寶寫了一部三十卷的《搜神記》，「考先志於載籍，收遺逸於當時」，想說明大地上奇奇怪怪的一些東西其實不全是瞎編的。陶淵明續寫了十卷《搜神後記》，其中還收錄了〈桃花源〉，有人說是偽託——在這裏，求真似乎一直是個巨大的難題。我倒是覺得他長期在山裏待着，赤裸下身行走，就着月光讀書，住的洞穴裏女鬼黑長頭髮一樣地藤蔓繚繞，保不齊看到和摸到一些塵世裏不太常看到和摸到的奇奇怪怪的東西。2016年，我幹了一件和陶淵明續寫《搜神記》類似的事兒——在騰訊視頻開了一個自己的視頻欄目，就叫《搜神記》。

　　對於開不開自己的視頻欄目這件事，我琢磨了好久。有名的那三四個視頻平台都找了我，都說，現在沒有一個自己的視頻欄目或者 App 都不好意思在街上晃蕩。

　　但是，我問：「我視頻欄目做甚麼呢？」

　　他們看了看我這個怪物，又看了看我這個怪物，都說：「您想做點甚麼呢？」

　　在這個越來越沒人讀書的年代，我可能是最後一代寫書的人。看手機、看視頻的人越來越多，無論為了更

多的傳播還是為了理解現世，我似乎都該試試視頻，嘗嘗梨子的滋味。但是，我撒了泡尿，照了照洗手間裏的鏡子，我憑甚麼能做視頻呢？我家裏沒有電視。我在酒店房間裏從來不打開電視。我從來不看手機視頻。我不會唱歌。我不會跳舞。我形體笨拙如殭屍。我對着鏡頭就膽戰心驚。我不會開玩笑。我曾經是個嚴重的結巴。我超級內向而且害羞。我長了一張隋代羅漢的臉。

我想來想去，決定還是和從前面對其他事兒一樣，做自己，做真實的自己。讓不讓我做？由視頻平台定。我能不能做好？我盡我的力氣。我是個寫小說的，我做視頻，就做視頻化我寫小說的過程吧。不做視頻，寫小說也是以下流程：找到小說的人物原型，一個大神或者神經或者一個神經的大神，和他／她喝酒、扯淡、聊天，辨識和挖掘他／她最耀眼的人性困擾；再多喝喝酒、多扯扯淡，對這點人性困擾挖得更深些、再深些，收集些編不出來的細節；然後琢磨他／她的內在邏輯和人性常識，腦補他／她不願意說的、說不清楚的、沒意識到的；最後找個故事，把這個人性枷梏裝進去。我和騰訊視頻的 Tina 說，我想好了，我要視頻化我小說創作的過程，這個欄目就叫《搜神記》，英文名就叫 So Insane。一季十三集，十三個行當，十三個 So Insane 的頂尖大神，十三種 So Insane 的技藝，十三篇 So Insane 的小說。每集裏，神自黑、神搜神、神鬥法。馮唐給你寫小說，求真，敢真，真性情，真技藝，用文藝的力量直指人性

的真。

我説：「我好幾年沒做這麼挑戰自我的事兒了，我想再好好壓榨一下這個肉身的創造力。」

拍攝第一集的前後就遇到了各種麻煩。

找嘉賓麻煩。有真性情、真技藝的大神往往深藏不露，名氣太小，贊助商不喜歡。名氣大的明星往往水份大，不敢真，不敢放開耍，沒甚麼能放到台面上的技藝，和我要的求真、敢真不符。

湊時間麻煩。我每週一到週五都要全職工作，只能週六和週日拍攝。有時候，週末也不得不飛，而嘉賓常常也很忙。

製作團隊新，和我完全沒合作過，也不知道這個代號《搜神記》的怪物到底應該長成甚麼樣子。

和從前一樣，克服困難都是通過殺熟和耍賴完成的。我打電話給羅永浩和艾丹，説：「我要拍一個視頻欄目，我需要你一整天的時間，你必須給我。」拍浩浩和丹丹的那兩天，能出錯的地方似乎都出錯了，雞飛狗跳，四處狼煙。但是拍完第三集之後，製作團隊有了信心，我也有了信心，因為我體會到了創造的快感，體會到了私下裏與浩浩和丹丹瞎扯、喝酒的快感。我知道我相應的小説應該如何寫了，我看了看監視器裏的我，長得似乎也不那麼慘不忍睹了，竟然隱隱有了些詩人的清秀。

第一季的《搜神記》拍完了，收視情況超乎所有人的預期，但是我還是不知道如何介紹這個怪物。創新類

訪談？另類綜藝？人文紀錄片？似乎都有點，似乎又都不是。我想起在《搜神記》裏我和羅永浩比試商業演講、和艾丹比試鑑別高古玉和老窰瓷器、和趙胤胤比試用聲音打動小孩子、和一毛不拔大師比試如何在微博漲粉、和呂楊比試葡萄酒盲品，我們似乎用古人的方式一起度過了一些美好的時光。我想起了李白的〈春夜宴從弟桃花園序〉：「夫天地者，萬物之逆旅也。光陰者，百代之過客也。而浮生若夢，為歡幾何？古人秉燭夜遊，良有以也。況陽春召我以煙景，大塊假我以文章。會桃花之芳園，序天倫之樂事。群季俊秀，皆為惠連。吾人詠歌，獨慚康樂。幽賞未已，高談轉清。開瓊筵以坐花，飛羽觴而醉月。不有佳詠，何伸雅懷？如詩不成，罰依金谷酒數。」

PART 2

從請客吃飯
開始成事

埋首任事
笑臉迎人

從請客吃飯開始成事

　　俗話說：「畫虎畫皮難畫骨，知人知面不知心。」一個人的心智如何？是善還是惡，是淡泊還是貪嗔，是明強還是擰巴，是坦誠還是曲折，很難有效判斷。看簡歷很可能沒用，看面相也基本扯淡，如果被訪談者受過很好的被訪談訓練，深度訪談也很難真正了解到。哪怕我們放棄對於深層心智的解讀，只想判斷某人是否做事靠譜、是否能成事，也是有很大難度的，學歷、血型、星座、面相、基因、生辰八字等判斷依據常常失效。

　　「大處着眼，小處着手」，有時候可以用簡單到白癡的手段來處理異常複雜的問題。二十年來在塵世裏晃蕩，我發現，判斷一個人是否靠譜，最靠譜的方式是讓這個人請一次客、吃一次飯。

　　在請客吃飯這件事兒上能做到基本靠譜的人在人群中的比例絕對不到三分之一。二十年來，在請客吃飯這件事兒上見到的不靠譜的人和不靠譜的行為倒是比比皆是，奇葩爭奇鬥艷。

　　比如完全忘記的，微信或者短信通知我下週某天某時去某地吃飯，我按時赴約，等了一個小時沒到，打電

話過去問。「我勒個去，我全忘了，一乾二淨，我現在正陪我婆婆吃飯，聽她分析之後十年到二十年國家往何處去。今天實在是不敢走開。下次，我一定安排好，再好好請您一次。」

比如記錯日期的：下下週某天記成下週某天，提前一週到了；下週某天記成下下週某天，下週這天坐飛機出差去了；某月5日記成下週週五的。

比如不守時的：遲到半小時、一個小時、一個半小時、兩個小時的。堵車？北京一年四季堵車很稀奇嗎？交通管控？北京作為首都，作為政治中心、文化中心、國際交流中心也不是一天兩天了吧？會議拖了？你參加會議或者主持會議也不是一次兩次了吧？

比不守時更惡劣的不靠譜是臨時掉鏈子。比如早上說，「昨晚睡得不好，今天想早點睡，晚飯改天吧」，「今天早上天氣不好，雲彩沒有一朵長得像小白狗一樣，心情也跟着天氣一起變糟了，我沒心情今晚吃飯了，抱歉哈」，「我今天感覺有點不舒服，晚上不想吃飯了」。對於這類理由，我內心的獨白是：「祝福這些文藝男女，願他們在他們文藝的世界裏今生歲月靜好。」比如提前一天說：「我明天添了一個緊急的會，我要飛趟上海。你也知道，人在江湖，身不由己，在中國做事，我們得跟着領導的時間轉。實在不好意思，明天的晚飯不得不改期了。」對於這類理由，我內心的獨白是：「如果一個人控制不了自己的日曆，他還能控制甚麼？」這種臨

時取消第二天晚飯的事情發生在一個人身上三次以上，在中國，他很快被帶走是個大概率事件。比如早上説：「今天晚上有幾個朋友臨時有事兒，來不了了，十個人改四個人，你和炸天婦羅的雪崴説一下哈。」我內心的獨白是：「這個時候，雪崴已經一大早按照晚飯人數把新鮮食材買了，你現在取消，食材就浪費了，食材成本是單價的三分之一。我還會按照十個人吃飯的錢付給雪崴，這個人，從此拉黑。」

　　我最悲慘的一次飯局體驗來自一個著名的小胖子。他人非常可愛，飯局上只要有他，沒菜都是個非常可愛的飯局。一個冬天，他約我在冬至那天去南新倉大董吃飯。

　　「幾點啊？」我問。

　　「六點左右吧。」他答。

　　「還有誰啊？」我接着問。

　　「都是熟人兒，小十個人吧。」他答。

　　「具體都誰啊？誰的名字訂的包間啊？包間號？手機尾號？」我再問，小胖兒再也不理我了。冬至前一天，我又問了小胖兒一遍，小胖兒微慍：「你這個人兒吧，其實也不是很壞，就是事兒多，所以大家難免會覺得你自戀。冬至晚上聚聚，老朋友們一起消磨一下一年裏最漫長的黑夜，如果再下點雪，就更美好了，僅此而已，你哪兒那麼多事兒啊。」

　　我沒再問小胖兒了。冬至晚六點，我到了南新倉大

董，天兒非常冷，門口兒全是人，我擠到領位小姐面前。領位小姐問：「誰的名字訂的包間啊？包間號？手機尾號？」我一問三不知，報了小胖兒的大名、小名、手機尾號，領位小姐查無此記錄。我打小胖兒的手機，沒人接，再打，還是沒人接。天兒真冷啊，也的確開始下小雪了，門口兒的人真多啊，很多人像看傻逼似的看着我，其中有人號稱是我的讀者，親切握手並合影。一個小時之後，小胖兒來了：「抱歉，抱歉，手機沒電啦，你也才來吧？請，樓上請。晚來天欲雪，能飲一杯無？」

　　走進樓上包間，圓桌周圍坐了八個人，其中有三個是我傳說中的緋聞女友。我內心的獨白是：「在這一年裏黑夜最漫長的一天，我有可能活着走出這個包間嗎？」

得志則 996，
不得志則悠然南山

　　2018 年，中國在「文革」之後，改革開放了四十年。四十年來，黑貓、白貓、不黑不白的貓，不清不楚不畏不懼不等不學，摸着石頭過河，油膩地抓老鼠。抓到很多老鼠的就是好貓，有名就好，獲利就好，升職就好，不論出處，不管過程，不問東西，連散步都想着走捷徑。四十年後，貓兒們忽然發現，老鼠不好抓了，大家也都油膩了，彼此再油膩一點、底線再低一點、再降維攻擊，還是抓不到老鼠。

　　2018 年似乎是個轉折點，連發展最迅猛的 TMT（科技、媒體、通信）都開始熄火，融資艱難、估值停滯。大家環顧四周，中國 A 輪以上的創業公司超過一萬家，真正實現規模化盈利的創業公司不到一百家，絕大多數創業公司每天每週每月都在燒錢，繼續生存都要靠下一輪融資。

　　2019 年初，2018 年開始的開源節流壓力開始壓出一些改革開放四十年來從來沒有過的事情，比如成規模裁員（包括高管）、減薪（特別是獎金）、小範圍倒閉。

有些偏極端的互聯網公司堅定地提出 996，即每天從早上九點工作到晚上九點，每週工作六天。工作 996，生病 ICU，不能 996 工作的員工就不是好員工，就不配在公司存在，就和晉升無緣。

作為 CEO 或是創始人，在公司層面上這樣要求全體員工，要檢查一下是否符合《勞動法》。即使符合《勞動法》，如果加入公司之前沒明確 996 的要求，在資本寒冬到來，經濟放緩之後，提出這樣的要求，也有損道義。如果不符合《勞動法》，沒有明確規定 996，但是 CEO 或是創始人話裏話外、明裏暗裏提示全體員工，好男兒，996，好女人，996，「混日子的不是我的兄弟，混日子的不是我的姐妹」，也是欠妥。對於關鍵事兒，己所不欲，勿施於人，己所欲，沒有別人明確的認同和同意，也勿施於人，否則近似強姦。

但是在個人層面，以 996 要求自己，這樣過幾年甚至幾十年，不一定是壞事，甚至，有可能真是一種幸福。

最開始看到關於 996 的爭論時，我心算了一下，996 就是一週工作七十二小時，我在心裏默默回顧了一下我的前半生，如果把工作之前的讀書學習也看成廣義的工作，我過去四十年似乎沒有一週不是 996，很多時候，每週工作超過八十小時，個別時候 907，每天從早上九點幹到午夜，一週七天，一週工作一百小時以上。996 有甚麼的啊？

我上大學之前，世界上還沒有普通學生能用到互聯

網，電腦是個稀罕玩意兒，進電腦房要脫鞋換衣服，彷彿進的是手術室。啤酒很難買到，泡妞校紀不容，電視節目非傻即壞，沒有娛樂，我就拚命看書，讀到董仲舒，說他讀聖賢書「三年不窺園」，心裏充滿蔑視，書中有足樂，「三十年不窺園」也絕不是甚麼難事。大學上了協和。協和醫學院是我所知的中國唯一晚上不熄燈的大學。早上七點起床，白天上課，晚上自習，地下室是食堂，晚飯下午四點半開，十幾分鐘就能吃完，五點鐘上七樓自習，很少凌晨一點之前回六樓宿舍洗漱睡覺。

第一份工作去了麥肯錫，一做九年。麥肯錫在入司時候講得很清楚，年薪制，根據業績發年終獎金，每餐每個人有 20 美金的飯補，出差坐公務艙、住五星級酒店，學徒制，由管理諮詢的大行家當你的導師，結合最困難、最實際的管理問題，手把手教你解決問題的終極能力，助你修煉成無上管理智慧。但是，沒有加班費，即使一週工作一百六十八小時也沒有加班費。

九年裏最深的印象就是覺總是不夠睡，很多個早上總是糾結同一個問題：「再多睡十分鐘還是衝下樓吃個十分鐘早餐？」活兒實在幹不完又實在睏的時候，就去游泳池游個泳，清醒一下，然後接着幹活兒。最長的一次，連續六十八小時沒睡覺。中間有一陣睏得不行，手扶着辦公室的門閉了閉眼睛，怕坐下閉眼就睡着了，沒注意手扶的是門框，一個同事隨手一關門，大拇指狠狠地被夾到，一聲慘叫，人徹底醒了，又癲狂地幹了一陣

活兒。活兒幹完了，回酒店大睡九個小時，醒來，大拇指指甲蓋兒紫了，兩根鼻毛白了。

我問過我在麥肯錫的導師 TC，為甚麼這麼苦、這麼久我卻不覺得苦？除了我天生一條勞碌賤命之外，除了我貪戀修煉成那個虛無縹緲的無上管理智慧之外，還有甚麼原因？

TC 反問我：幸福是甚麼？我想聽他講，於是搖頭。TC 說：人的幸福是由兩件事兒構成的，第一是做自己擅長而且喜歡的事兒，第二是和自己喜歡而且喜歡自己的人在一起。「你擅長而且喜歡解決複雜的管理問題，和你一塊兒幹活兒的人喜歡你，你也喜歡他們，你是幸福的，所以，你不覺得苦。簡單說，你比較幸運，有機會在重活兒裏修行。」

最大的必殺技
是直接説我喜歡你

　　我習慣性地翻看《資治通鑒》和二十四史，在紙媒加速凋亡的當代，把這些史書當成觀照現實來看，用大尺度的時間觀照人性、佛性、民族性。中國史書的筆墨都集中在帝王將相上，特別是帝王上。這些帝王真是奇葩啊，放在一起就是一季超級奇葩大會。如果在這些奇葩裏非要選千古一帝，我會選唐太宗李世民。

　　唐太宗李世民早年經歷了多次必死之境而不死，讓他很早就有了被天選的自信，武功上滅王世貞、竇建德、劉黑闥，以及突厥，敢身先士卒、深入敵陣，也能紋絲不動、指揮戰役；文治上充滿管理常識，出身省部級官員家庭，不像劉邦和朱元璋一樣或從市井或自赤貧，喜真、敢真，喜歡推心置腹，不喜權術詭計；不求很多婦女，娶了一個不干政的皇后，遣散了很多長年累月沒有男人可碰的宮內怨婦；不求靡麗珍奇，舊房子住很多年；有好幾個極其能幹的小夥伴——尉遲敬德、秦叔寶、魏徵、房玄齡，長時間盡情地活在天地間和俗世裏。

　　李世民的自信和敢真奠定了唐代幾百年真性情的基

礎，唯大英雄能本色，對天地、對人我、對靈肉、對是非，簡單、坦誠、陽光，即使偶爾犯壞，都壞得敞亮，這在中國四千年文明史裏獨一無二。

敦煌出土過一份唐代格式化的應用文「放妻協議」，主要內容是：「凡為夫婦之因，前世三生結緣，始配今生夫婦。若結緣不合，比是怨家，故來相對⋯⋯既以二心不同，難歸一意，快會及諸親，各還本道。願妻娘子相離之後，重梳嬋鬢，美掃娥眉，巧逞窈窕之姿，選聘高官之主。解怨釋結，更莫相憎。一別兩寬，各生歡喜。」翻譯成現代北京話就是：「兩口子都是前生命裏注定，要麼親家，要麼冤家。如果真是冤家，三觀不同，器官不配，就別互相懟一輩子了，生命苦短，來日方長，各回各家，各找各媽。你小樣兒還那麼水靈，趕快捯飭捯飭，洗個頭，畫個眉兒，再迷糊塗幾個高官大款。散了，散了，大路朝天，各走一邊，只生歡喜不生愁。」

唐代這種真性情的代表器物是長沙窯。技術創新，首先大面積使用化妝粉，大面積使用釉下彩。用途多樣，百無禁忌，餐具、茶具、香具、酒具、燈具、法器、樂器，都有，儒教、佛教、伊斯蘭教，都有。五色斑斕，大面積的牙黃和柳綠，驚艷的銅紅色和亮藍色。對於我來說，最有意思的是各種器物上那些直給的文字，書法基本都是自由自在、無法無天的民間書法，內容基本都是不知忌諱、天然無邪的五言詩歌。

那時候的女性不糾結：「男兒愛花心，徒勞費心力。

有錢則見面，無錢不相識。」

　　那時候的男性偶爾瞎耍也心虛：「昨夜垂花宿，今朝蕩路歸。面上無顏色，滿懷將與誰？」

　　那時候的情也纏綿：「君生我未生，我生君已老。君恨我生遲，我恨君生早。」

　　那時候的春更妖嬈：「春水春池滿，春時春草生。春人飲春酒，春鳥哢春聲。」

　　忍不住對這些唐代長沙窯酒器、書法、詩歌的喜愛，開一枝新筆，用一方唐代風字硯，抄寫十四首，裱出一個冊頁。擬了個短跋：「唐大豐盛大器，故敢真、敢創新。長沙窯首創大量文字作裝飾，字意直白，直指人心，字體隨意，搖曳生姿，右錄唐長沙窯詩句數首，心神一爽，馮唐於垂楊柳不二堂歲在戊戌。」

　　曾經有個小姐姐，喝多了之後，指着我鼻子質問我：「你總是號稱流氓，你主動追過任何一個女生嗎？對你這種偽流氓真悶騷，最大的必殺技就是，分完一瓶紅酒之後，直接説：『我喜歡你。』」在那一瞬間，我不知道如何接下一句，想起了寫在一個長沙窯酒壺上的十個字：「不知春早晚，折取柳條看。」

人人都標配一具胴體

　　每個人出生時都標配一具胴體，我一直對我的胴體不錯。雖然我幾十年如一日動心忍性，一直讓胴體在辛苦勞作裏修行，但是，除了每年一兩個極端情況以外，我一直不往死裏用它，不連續熬夜，不連續酗酒，不亂滾床單，不暴食，不久坐，不放任心緒糾結，遠離黃賭毒，特別是喝很多水，每晚入睡前，都背背唐詩、翻翻書，放一瓶人類飲用水在床頭，夜裏渴，隨手抓過來喝。我的胴體對我也不錯，幾十年如一日，基本不給我添麻煩。上協和醫學院的時候，協和醫院就在樓下，但是沒有一次因為自己胴體出問題去過。第一份工作在一家諮詢公司，公司往死裏壓榨我的胴體，但是給極好的商業醫療保險，配眼鏡都報銷，哪怕鏡框是卡地亞的，但是在公司的小十年裏，我基本沒用過，極少有的一兩次是喝多了去協和醫院洗胃。

　　所以我對我的胴體充滿信任，彷彿信任和我從小一起長大的一匹藍色戰馬，彼此不知老之將至。畢竟，我對自己狠，體重降回了大學畢業的時候，也鍛煉，補前半生落下的體育課，跑 3,000 米不到 12 分鐘，跑 10 公

里不到 50 分鐘。對於老，我隱約感到過幾絲恐懼，比如擠兩個小時逛了整個號稱偉大的購物商城，結果只買了一個冰激凌，舔着凜然着走出購物商城；比如拿到一整個硬盤的東瀛愛情動作片，淡淡笑了笑，繼續開會到後半夜；比如走進一個會場，忽然意識到，在座的二十幾個人在擔心甚麼我都在一瞬間清楚了。

打馬上山，放馬歸田，兩股生贅肉，孤峰頂上再無上升之路？

一天酒後，沒吐，退回酒店房間，反鎖房門，掛上「勿擾」標識，我想好好暢快地看它五十頁書，在物我兩忘、神志迷糊的狀態下入睡。我抓起行李箱裏的《五燈會元》上冊，看了一陣，想增加些趣味，右眼看，大好，左眼看，壞了！怎麼都不能近距離對焦，使勁對了一陣，很累，拿起手機，只用左眼，又看了一陣，更累，去了趟洗手間，鏡子裏，左眼皮累出了很多層。

第二天早上，我在手機上問我協和眼科的師兄鄭霖。他說：「花不花，四十八，你到歲數了，恭喜你，沒夭折。」人類到 50 歲左右，兩邊花眼都會到兩百度左右，如果兩邊有類似的近視，恭喜你，正好中和，後半生不用戴近視鏡，也不用戴老花鏡了，但是，通常人類沒這麼幸運，多數人類很幸運地活到老年，還是很不幸地要戴老花鏡。

「如果只是眼睛累，我正好可以少看點手機和書。」我評論。

「不只是眼睛累，是你完全看不了手機和書。」鄭霖師兄繼續冷酷。

四年前，我剛從全球退回出生地北京廣渠門外垂楊柳的時候，搬回了我所有的書。書全部上架，我還在慨嘆，人生苦短，這麼多想讀的書，今生讀不完了。今天突然發現，即使今生我有時間，胴體也沒能力讀這麼多書了。我清楚記得我老媽曾花她一個月工資給我買的那本《辭海》縮印本，字小到人類幾乎不可讀，第一條就是一個「一」字。「一」字下面一個詞條是：一介書生，三尺微命。我當時小，問我老媽，「一介書生」說的是甚麼意思。我老媽假裝懂，和我說：「意思是說，你一個讀書人，如果不讀書，這輩子就沒指望了。」

這本《辭海》縮印還在如今的書架上，但是我的左眼似乎已經不能讀書了，我第一次感到無比恐懼和老了。

我高中點蠟燭讀書半年，近視了，後來一直戴眼鏡，最近才享受了兩三年不戴近視鏡的好時光，又要面對戴老花鏡的後半生？

我在微信上問我的醫學院同學：小調查，活着活着就老了，迄今為止，你最大的感觸來自哪裏？

答案列舉如下：

「我是膝蓋，還有鬢角的白髮。」

「買了一個假髮套，五千塊，有活動的時候就戴上，看上去好些。」

「戴花鏡容易眼疲勞，短時間可以，長時間不行。」

「我作為一個不用顯微鏡的外科大夫，眼花會有挺大的影響，要戴花鏡，或是頭戴式的放大鏡或顯微鏡，但不管怎樣，手術後的眼疲勞會很明顯。我當初如果刻苦讀書，產生兩百度以上近視，現在應該會好些。」

「看見年輕貌美的小姑娘不是 YY 自己和她滾床單了，而是想：這人做我兒媳婦可能也不錯。」

「年輕時生着病也不會耽誤吃自助餐，現在即使餓着肚子去四季酒店自助餐廳也沒啥胃口。」

「年輕的時候躺下了，一個鯉魚打挺就起來了，現在蹲下去能站起來就不錯了。」

「年輕的時候從來不想：我老了會怎樣。現在總是説：我年輕的時候如何如何。」

看到這裏，我忽然釋然了，歲月饒過誰？「花開滿樹紅，花落萬枝空。唯餘一朵在，明日定隨風。」

人生苦短，馬拉松很長

　　我第一次知道馬拉松是個甚麼東西的時候，我就認定，這是地球上有史以來最無聊的運動。

　　那時候我上高中，體育老師解釋了一下馬拉松運動是如何形成的。當時他一臉悲壯。當時我做了如下思考：

　　第一，要跑四十二多公里。對於正常人類，意味着把左腳放在右腳前面，然後把右腳再放在左腳前面。如是，六萬多次。

　　第二，要跑三四個小時。旁觀的正常人類總覺得在陽光下跑三四個小時的同類恍惚像條狗，還補給，還吃喝，還口眼歪斜，還想東想西，還真不如狗。

　　第三，第一個跑馬拉松的人，告訴雅典的老少鄉親，打了勝仗。然後，關鍵是然後，他死了。然後，雅典的陽光依舊耀眼，狗依舊到處跑。

　　如果性交要如此悲劇，人類早就滅亡了，所以我在高中的時候就斷定，馬拉松和我沒有任何關係。

　　40歲之後的某一天，我忽然遇上一個很帥的瘦子，我叫不出他的名字。他說：「我是阿信啊，我們曾經同事。」

我使勁兒想：「你原來不是個齷齪的胖子嗎？」

他說：「我跑了很多馬拉松，然後我每次過海關都要解釋，護照照片上的胖子就是我。」

後來莫名其妙反覆見到阿信，他每次都說馬拉松。我實在煩了，定下一條原則，每次只給他十分鐘說馬拉松這件事兒。每次被硬性阻止的時候，阿信眼神兒迷離，不知道眼睛該往哪兒放，不知道舌頭該往哪兒去。我覺得他入了跑步教。

總結他多個十分鐘說的東西，如下：

第一，慢速長跑能讓人快樂。每次跑到不想再跑一步，潛意識都告訴自己，跑到終點，等着你的是柔美、囂張、安全的愉悅。

第二，慢速長跑能讓你獨處，效果類似參加靜修。跑了一陣之後，就不想說話了，天高地迥，就想放下心裏的一切，一步一步活着到終點。

第三，慢速長跑是人類最大的優勢之一。人是自然界最能慢速長跑的動物，人類在創造蒸汽機和互聯網之前，就是靠慢速長跑、辨認足跡、集體協作和偷喝果子酒，算計了一隻又一隻猛獸。

2015 年的 5 月，和我同一中學的朱江師弟贊助了一個「瘋子」陳盆濱，要在一百天裏連續跑一百個馬拉松，風雨無阻，從廣州跑到北京。師弟說，好多瘋子都陪他跑了，你也陪他跑一程吧。我想也沒想，就說，好。我好勝心作祟，心想，不能丟臉。我不知道陪跑可以從三

公里到全程都行，以為既然跑了，就是全程。於是和阿信説，救我，我只有兩個月的時間，告訴我如何訓練。

阿信用了少於十分鐘的時間給我安排了一個訓練計劃，安排快遞給我送了一塊運動手錶、幾件跑步衣服和一個需要緊貼乳頭之下的心率帶。他説：「時間短了點，但你天賦異稟，或許不會死。」

我穿了跑步衣褲，我戴了跑步手錶，我勒上心率帶。第一個 5 公里在北京龍潭湖，繞湖一圈 2.7 公里，我跑了接近兩圈。龍潭湖西側有個袁崇煥的小廟，我跑到那裏，靜靜想了想，他被凌遲前，想了甚麼。第一個 10 公里在廈門，竟然跑了只有一小時，我意識到，我的賤，潛能無限。第一個 20 公里在紐約曼哈頓島，參加完書展，睡不着，用跑步倒時差。第一個 30 公里在北京奧森公園，大圈跑了三圈，我癱在公園門口，一心想死。帶我跑的宋海峰説，你可以跑全馬了。

從河北地界開始，和陳盆濱跑了半馬，跑到延慶境內的山裏。他問：「你還跑嗎？」我説：「謝謝你陪了我 20 公里，你放開跑吧，我到最後 5 公里陪你。」

我的第一個全馬是在法國波爾多跑完的。喝完，跑完，領完獎牌和一瓶勝利酒，我坐在馬路牙子上，慨嘆生不如死。旁邊一個小孩子拿着手機狂打電子遊戲，偶爾斜眼看我，我聽見他的心裏話：「你傻逼啊。」

我忽然坦然，我心裏想和他説的是：我明白了，人生其實到處馬拉松，特別是在最難、最美、最重要的一

些事情上。

比如，職業生涯。我第一份工作是麥肯錫管理顧問，我工作了兩年，第一次到了升項目經理的時候，沒升上去。導師安慰我說，職業生涯是個馬拉松。我知道他和所有失敗的人都這麼說，但是跑完全馬之後回想起他的話，我認為他是對的。很多時候，短暫的起伏並非人力所能控制，誠心正意，不緊不慢，做心底裏認為該做的事情，是最正確的態度。

比如，和親朋好友的關係。從我出生到今天，我老媽沒有絲毫改變，下樓買袋洗衣粉都心懷一副成吉思汗去征服世界的心情，遛個彎兒都要穿成一隻大鸚鵡的斑斕。我跑完全馬之後意識到，不必讓她修到遠離輪迴，她願意炫耀就去炫耀，我不能配合至少不要糾正，我陪她跑到生命盡頭就是了，然後揮揮手，讓她在另外的世界開好一瓶紅酒等我，等我靜靜地看她在另外一個世界一隻大鸚鵡一樣斑斕地裝逼。

比如，愛情。相遇不易，撲倒不易，珍惜不易，但是更難的是相遇之後、撲倒之後、不能珍惜之後，還是念念不忘，心裏一直祝福。

人生苦短，想不開的時候，跑步。還想不開，再多跑些，10 公里不夠，半馬；半馬不夠，全馬。

生而为人

用好肉身

冯唐

那就索性説説直男癌

　　近幾年，黑我的人類越來越多，其中大部份是男性。對於這越來越洶湧的黑潮，我是這麼用常識思考的：知道我的人越來越多，哪怕不喜歡我的人比例保持不變甚至縮小，馮黑的絕對數目一定越來越多。而且，人類是種變態的動物，十句話裏，九句誇他，他記不住，一句罵他，他放在心裏很久。我常常提醒自己，不要陷入這種變態造成的陷阱，以為全世界都覺得我是個傻逼，不要被負面評論鬧心，心裏反覆默念八字箴言：關我屁事，關你屁事。心態擺正之後，我感到自己太志得意滿的時候，還會反向主動搜索最新最勁最有花式創意的馮黑言論，給自己潑潑冷水，讓自己知道，誰也不是 100 元人民幣，不可能招所有人喜歡。

　　在那些月黑風高的夜晚，在主動搜索馮黑的過程中，我發現，儘管馮黑裏男性居多，深黑、深深黑馮唐還是以骨灰級文藝女青年為主。她們往往在傳統媒體或新媒體做資深記者或者編輯，長得中等偏上，在人生的某些階段當過一陣女神，以為讀過很多書，以為非常洞察人性，非常有主見，下結論很快，結論下了之後就絕不動

搖。男性馮黑對我最多的指摘是「自戀」。我仔細檢點過，老實說，我不是自戀，我只是實事求是。其實，在絕大多數時候，我缺乏自信，八年協和，我沒覺得我學到了甚麼；九年麥肯錫，我沒覺得我掌握了甚麼。男性馮黑們覺得我自戀的時候，其實只是我積累了足夠的數據和見識，對於某件事漸漸有了信心，於是坦坦蕩蕩說出了一些不故作謙虛的實話。深度女性馮黑對我最多的指摘是「直男癌」，隔三岔五有其他男性直男癌首發或者復發，她們就寫篇檄文，在文章裏隔空把我拉出來數落一頓，然後享受正義被伸張了的巨大快感。還有更欠的，每次有全國性直男癌發作的時候，就試圖約我發表些感受，作為直男癌患者的病友，從同病相憐的角度豐富她們的文章。

好吧，那就索性說說直男癌。

如何定義直男癌？直男癌主要表現是甚麼？直男癌的主要病因是甚麼？帶着這些問題，我問了一圈我最有思想的姐妹們，又反觀自己的內心，歸納總結如下。

直男癌的主要症狀包括：

第一，堅定不移地認為女性低於男性，特別在智商、情商、直覺、體力、能力等混世界的人類要素上。

深度直男癌甚至認為，在感知、美學、藝術、長相、同理心等方面，女性也遠遠低於男性，特別是像自己這

樣的優秀男性。如果有的女性非常能幹，他們一定認為她們不是女的，或者根本就是男性變的，或者太長時間被當作男孩兒養、像男性一樣生活了許久。他們認為，除了洩慾和生育，女性毫無價值。AI 時代已經到來，機器人女友可以越來越完美地被用來洩慾，如果櫻桃樹上可以結嬰兒，女性真是和闌尾的價值類似。如果簡單總結，就是：「我是男的，女生就該聽我的，沒原因，懶得和你們這種沒有雞雞的人類解釋。」

第二，堅定不移地物化女性。

直男癌們把女性比作花草、飛鳥、敏捷而無腦的走獸，兄弟如手足，女性如衣物，兄弟遠遠重於女性。如果美麗的女性變成了家人，就一定不讓她盡興飲酒、自由行走、大量成就。如果美麗的女性在俗世中自由且有成就，直男癌們就會斷定她們是靠美色睡得其所。直男癌們眼睛直勾勾地盯着周圍的女性，在他們心中，周圍所有的女性都愛他們，都只愛他們，這麼直，怎麼可能不愛。

第三，堅定不移地不換位思考。

直男癌們太忙了，一個國家已經很大，一個自我已經腫脹，一個手機總在不停地有新信息進來，一個腦子總在忙着思考天下大事、往聖絕學、時下熱點，很少有時間理解女性在經受甚麼。生個孩子如同蘋果墜地，能

疼到甚麼程度？每月不舒服如同霧霾，躲在家裏一天喝大量的熱水還不好？一時的焦慮彷彿此時的雨，修心自觀，不是很快就能晴天了嗎？一場秋雨一場寒，女生穿了一條薄紗的酒紅色的裙子，雨後説：「我好冷啊。」直男癌們説：「幸虧我多穿了件帽衫，如果你挺不住，你就趕緊回家吧。」

究其形成原因，四點：

第一，殘餘的封建思想作祟。

甚麼男尊女卑，甚麼男上女下，甚麼「唯女子與小人難養也」，秦之後，「百代猶行秦政制」，秦制的遺毒在其他領域沒有被消除，在男女平等上也沒有。

第二，有個純粹家庭婦女的媽。

這個典型直男癌培養基的媽控制性培養兒子幾十年，依賴兒子幾十年，不斷強化他的自我，不斷灌輸他「男人高於女人」，養成他直男癌的多數特質。

第三，沒有一個三觀正常的女友收拾他。

直男癌們從小長大，接觸的女生偏弱，沒拿更高級的智商和審美碾壓他們，沒拿大耳刮常常抽他們，限制了他們對於女性的認知。

第四，智商和情商實在不夠用。

直男癌們的腦子完全無視女性的偉大：不學而知，不經意而美，每月流血而不死，不用思考就知道世事如棋、無常是常、一切無終極意義，消化一切苦難而活得比男性長久太多。

直男不是病，是天性。

直男癌是病，病根兒是有個悲慘的童年以及沒看清自己的斤兩。

我認真按上述直男癌的症狀和形成原因對照自己，我老媽那麼不家庭婦女，我前女友們那麼彪悍，我那麼堅信男性是低於女性很多的物種、女性之光照耀人類前進，我最多算是個直男炎。

手機暴斃的十二時辰

過去兩年，我經常想，以前沒手機的日子，我們是怎麼過的？

四十年前，我經常想，以前沒電視的日子，我們是怎麼過的？

二十年前，我經常想，以前沒電腦的日子，我們是怎麼過的？

我並不是不愛電視和電腦，我太愛它們了。有了個永遠閃爍的屏幕，我就永遠目不轉睛地看着它們，無論它們在播放多麼傻逼的內容，都目不轉睛地看着它們，彷彿它們是些永遠偉大光榮而正確的領袖，我永遠就像蚊蟲愛光一樣愛着有光的電視和電腦。後來，我冷靜地看過一陣電視，也見過幾個做過很多很牛電視節目的人，我認定，他們利用了人性弱點，電視屏幕不值得一直觀看。意識到這點之後，我快速行動：住處絕對不裝電視，每到一個飯店房間或者餐館包間，第一個要求是關上電視。眼睛不看，腦子不被洗，彼此相安無事。電腦就麻煩一點，曾經，我如果要工作，就不得不用電腦，運營數據模型、財務模型、估值模型、PPT 演示文件、Word

備忘錄、溝通用的電子郵件、自摸毛片等等，沒電腦都不行。工作之外，寫小說、寫雜文，也要用電腦。儘管像奴隸恨生產工具一樣恨電腦，我還是離不開電腦，而且很變態地每三年就期待能換一台新電腦，然後繼續很爽地被奴役。直到後來有了智能手機，我那時候也是個領導了，不用自己建數學或者財務模型了，不用自己寫PPT了，我忽然發現，我竟然可以遠離我的電腦了。如果不是週末寫專欄文章換腦子，如果不是假期寫長篇小說妄圖不朽，如果不是網上銀行轉錢，我可以連續幾個月不碰電腦。

智能手機之後，特別是微信和微博之後，我發現，我似乎開始長在手機上了，工作、生活、休閒似乎都離不開它了。睡眠，被在手機上設的鬧鐘驚醒；晨便，在查手機上的微信和郵件中完成；咖啡，就着各種新媒體文章和八卦喝下；然後心懷天下地嘆一口氣，拿着手機殺向一天的會議。殺完一天的會議，應酬完晚飯，癱在沙發上，就着一杯小酒，胡亂翻翻手機，完全不用動腦子，想看啥手機就會推送啥，爽啊！

通常，我會注意在會上少看手機，否則為啥要面對面開會？昨天上午開會，忽然一瞬間，我無意識輕柔地碰手機的開屏鍵，沒反應，再次輕柔地碰手機的開屏鍵，沒反應，我兇狠地按下手機的開屏鍵，五秒，十秒，還是沒反應。我同時兇狠地按音量下調鍵和手機開屏鍵，五秒，十秒，還是沒反應。

我慌了。

手機有電啊，我昨晚充滿了的啊。我冒充奪寶奇兵，搶來一個充電寶，插上之後，再兇狠地按音量下調鍵和手機開屏鍵，五秒，十秒，還是沒反應。我找來一個給iPad 充電的充電器，功率應該夠大，插上之後，按音量下調鍵和手機開屏鍵，五秒，十秒，還是沒反應。我更慌了。五分鐘，十分鐘，我手足無措，彷彿兩隻手裏的一隻手突然沒了，一直以為還在，就是毫無反應。

之後的半小時很神奇，我還在開會，還聽得見每一個人的每一段講話，手還是下意識地去摸手機，但是又意識到，手機已經沒了。這一切很像二十幾年前在醫學院學的截斷反應：腿或胳膊被截斷了，腦子一直以為它們還在。

忽然警醒：過去十年太依靠手機了，從黑莓到蘋果，手裏的水果都換成了手機。曾經查看了一下手機自己的記錄，看手機最久，平均每天看手機的時間超過四個小時，比起看第二到第十器物的總和還多。罪過，罪過。

心念着罪過，腦子還在碎碎念：手機暴斃，別人找我怎麼辦？找不到，着急，怎麼辦？就當手機死了，哪些一定沒了，哪些還能恢復？一定沒了的是：啟用這部手機之後半年多的照片和微信。一定麻煩的是：兩個銀行的手機接入。因為用同一個蘋果 ID，iPad 和MacBook Pro 還在，其他似乎都還能恢復。

團隊拿來了備用手機，我插好 SIM 卡之後和團隊交

代：電誰誰誰、微信誰誰誰，告訴他們，如果有急事，打我電話。

心安之後，手機還是挺屍狀態，我忽然覺得世界安靜了。坐車回家，路上看到小童、雲彩和霓虹。到了住處，百無聊賴，開始收拾，發現餘生還有好些書想讀沒讀呢，還有好些小事想做沒做呢，十個小時不用微信、短信、電郵，天竟然也沒塌，女媧竟然也沒降臨。

於是暢想，如果手機忽然活過來或者明天被修好，還是有些事要做，有些原則要遵守：

第一，還是要養成手工備份的習慣。

第二，年近半百，還是要趕快立遺囑。

第三，吃飯時不要動手機。

第四，昏睡前不要看手機。

第五，大方便不要帶手機。

第六，大酒後不要碰手機。

第七，開會不要玩手機。

第八，如果可能，一週有一整天不用手機。

哀莫大於：手機死大於心死。

最希望孩子們具備的
二十二個能力和特質

　　對於我們這些中年前浪和前前浪，2020 年初開始的新冠疫情是所經歷的疫情中持續時間最長的一次。我認識的所有地球人，包括我在內，和工作以來任何其他年份相比，坐飛機從來沒這麼少過，下館子從來沒這麼少過，見面開會議事從來沒這麼少過，宅在家也從來沒這麼久過。

　　宅在家的時間長了，我們對世界有了一些新的認識：比如，原來很多商務和休閒旅行是可以不去的，人不去，事也不一定談不成，身心也不一定不清爽；比如，原來很多社交是無效的，砍掉之後，溝通的效率反而提高了，幾句話就說明白了，不用非要一人喝乾一瓶酒之後再聊正經事；比如，有些崗位是沒必要設置的，疫情以來，有些人似乎甚麼事也沒做，機構成事的效率反而提高了；比如，大量減少應酬飯，半年之後，體重和油膩皆減，不看臉，只看身材，半百男兒隱約翩翩少年。

　　宅在家的時間長了，我們也學會了一些以前做夢都沒想到能擁有的技能：比如做飯，眼睜睜看到好些除了

泡方便麵之外甚麼都不會做的人變成了廚神，彼此交流海魚和牛排熟幾成的技巧；比如文學，眼睜睜看到好些理工男、創業狗閉門寫出了他們今生第一部長篇小説，發給我看，讓我提意見；比如教育，平時放任後浪、後後浪等神獸們自然生長的中年前浪、前前浪們忽然都成了教育專家，談論教育的延續性、家長參與的力度以及把一個普通孩子培養成一個天才的可能。

觀點之爭，無法分出對錯。我不是教育專家，但是我有管理諮詢技能，會打圓場。我問了這些所謂高智商、高能量的民間自修教育專家同一個問題：最希望孩子們具備的能力和特質是甚麼？然後總結歸納如下：

第一，會睡。無論白天發生了甚麼事，無論最近心裏有多煩，一覺兒甜睡到天明。

第二，會吃。在館子，在家裏，從頭到尾規規矩矩坐在飯桌上，開開心心吃飯，自然而然聊天，全程不碰手機，不插嘴。即使有話要説，不搶吃喝，孔融讓梨。

第三，有勁。安步當車，5公里之內不坐車，10公里小跑不會死。

第四，獨立。自己的事情自己做，至少盡自己所能。最晚大學畢業之後，自己養活自己。絕大多數時候，自己和自己能和睦相處，知道如何駕馭自己的情緒。

第五，規矩。入鄉隨俗，有規矩就守，盡量不給別人添麻煩。

第六，思考。獨立之精神，自由之思想，習慣性思

考，不盲從，不跟風，求真務實。

第七，好奇。既然每天都是新的，那就每天都學點新的。

第八，歸納。會收集信息和歸納總結。Google 和百度知道一切知識，人類更需要知道找到適用的知識以及如何使用它們。AI 時代也在不遠的將來，最強悍的不是 AI，而是掌握了 AI 的人類。

第九，英文。英文基本過關之後，特別是聽和説，全地球到處走，還能點菜和點酒。

第十，中文。中文是地球上最美的語言。

第十一，文學。文學是人學。讀小説可以消磨時間。讀詩可以高質量發呆。

第十二，數學。對於一般人類，數學裏最重要的是熟悉小學應用題和統計學。

第十三，同理心。己所不欲，勿施於人。己欲達而達人。老吾老以及人之老，幼吾幼以及人之幼。

第十四，專注。一時一事，心無旁騖。

第十五，努力。盡心盡力，盡職盡責。堅持，再堅持，第三次堅持之後還不行，放棄。

第十六，傾聽。如果有選擇，多傾聽，而不是多嘮叨。

第十七，乾淨。而不是髒。

第十八，惜物。節制，節制，節制，哪怕你有資源可以浪費。

第十九，助人為樂。樂於分享，樂於幫忙，能為了別人放下自己。

第二十，抗糟蹋，抗噪聲，抗失敗，抗挫折。

第二十一，感知力。靜聽松濤如海，靜觀星光如燈。

第二十二，愛。能愛，能投入，能忘記自己，哪怕是暫時的，哪怕自己會受傷。

我把這個單子給這些民間教育專家審閱，他們說，基本差不多。我問：二十二條，對後浪和後後浪們的期待，這麼多條，咱們是不是有點貪婪了？他們說：還好，還好，其他的就不期待啦，就看他們的基因和命啦。

我又看了一遍這個單子，兩個感受：第一，先別逼後浪們，先逼自己做到這些吧，如果能做到這些，我們就都是另外一種人類啦；第二，當時說好自己要求自己，不要要求娃們，等娃們來了，新冠病毒來了，這些父母有了時間，自己入場，就完全忘記了「友誼第一，比賽第二」，開始抑制不住自己無盡的好勝心。

民間教育專家們異口同聲說：「有期待，沒要求，相信期待的力量。『世人幾人到彼岸，不為彼岸只為海。』」

好吧，努力加餐飯。

把一辈子当成一天过

如果還有最後一天可以活

　　在過去小半年的時間裏，我基本處於一種心緒不寧的狀態裏，工作和生活之間的界限漸漸消失，週末和假期與平時工作時間的差別越來越小，各種類型的擔心一直在腦海裏盤旋：中美貿易戰如何發展；中國國運如何；醫改的突破口在哪裏；團隊如何帶；融資越來越難、越來越煩；好的目標公司依然估值很貴；新長篇小説的內核是甚麼，筆調和節奏如何安排；國際版權是否徹底不要上心了；新詩集到底甚麼時候出，多少首被刪節；影視版權賣給誰能給出下一個驚喜；《資治通鑒》還剩不到五十卷就讀完了，之後是否接着看三百多卷的《宋史》；多讀些新書還是再重讀幾遍經典；針對這麼多年收集的古美術也該寫點甚麼了；長跑的配速越來越快，但是引體向上越做越少；肌肉流失得太厲害了吧，還是胳膊上的肉都跑到肚子上了；血脂高到甚麼水平才要吃藥，吃上之後還能停嗎；越來越無酒不歡，這樣好嗎；越來越不想見生人，是不是抑鬱了；一件非常舒服的舊衣服放到哪裏了，怎麼也找不到了；我老媽八十多歲了，該多陪陪了，陪的時候説點甚麼、做點甚麼呢。

儘管連續兩天不做任何有益於蒼生或者個人進步的事，我真的會內疚，但我還是找了個週末，下定決心，凝神凍念，停止思考，像豬或者兼葭一樣過了兩天（儘管還是打了四個電話會）。我發微信給個朋友，自誇：我戰勝了我自己的傻逼自律。朋友反問：如果還有最後一天可以活，你會幹甚麼？

　　我心裏盤算，冒出來的念頭如下：

　　最後一天，我就不睡懶覺了（媽的還得上鬧鐘）。我早起，找個高樓去看看朝陽，遙遙一拜，不求它任何具體的事兒（和一個遙遠的大火球求一件人間的具體事兒也是超級可笑）。

　　早餐我吃煎餅（加個蛋）、上海小籠包（不要太精緻，如鼎泰豐，街邊攤兒上的才有鮮肉和好麵拼鬥出來的那種銷魂），配鹵煮，就蘇格蘭單桶威士忌（不要日本的，不要混合的）。

　　我拿宋代建窯的缽或黑釉藍毫蛤蜊光的盞喝兩泡岩茶，喝兩泡老樹生普。

　　我喝一杯手沖咖啡。

　　我沿着河邊跑 10 公里，不帶手機、沿途不拍照、不看配速，鉚足勁兒跑，跑完喝一罐冰鎮可樂，如果還渴，就再喝一罐冰鎮可樂。

　　然後我拿張紙，擰開鋼筆，交代一些後事：幾個重要的用戶名和密碼以及它們保護的財物應該派甚麼用途，哪些古美術可能是贗品以及為甚麼，哪幾首情詩最

美麗以及為甚麼。

我撕掉所有和交稅有關以及和法律相關的文件（比如各種版權合同），我從心底厭惡這些維繫人類社會必需的繁文縟節。

我用那隻元代的鈞窰香爐焚一爐沉香，沉香的塊兒會切得肥厚些。

在香氣裏，我懷念一下我愛過的那些女神，我忘記了她們的長相，但是我記得所有無比美好的細節。我寫些明信片，每人一張，但是很可能一張也不寄。我原諒所有的男性傻逼（都是激素和基因的錯，他們都是無辜的），給他們組一個五百人的微信群，發他們每人一個200元的紅包。

我粉碎我所有硬盤和存儲卡。

我脫光，蹲在洗手間自己給自己剃頭。我再刮一次鬍子，剪腳趾甲和手指甲。我填寫遺體捐贈書，然後寄出去。

中午我去吃雪巖的天婦羅。既然跑步消耗了，就吃完整套餐，加甜瓜，配香檳（任何香檳都能讓我開心）。油炸食品包含暗黑的美，在這點上與女性和酒相通。

我中午的酒精耐受性很差，估計大半瓶香檳我就暈了。找個相對乾淨的床，翻翻《後漢書》關於劉秀的部份，然後睡着（一定不上鬧鐘了），然後醒來，如果做夢，涉及宇宙或者人類秘密，就記下來，否則就默念一遍四聖諦。

在西山找個山或者二環以內找個廟，我看看夕陽，就涼啤酒。

我召喚我認為最好玩的十幾個人來吃晚餐，估計其中個別人已經不在人世，還有不少人在忙，也就來個五六個人。晚飯吃水爆肚仁、水爆腰花、涮羊肉，還有水煮花生米和拍黃瓜，就比我還老的波爾多和勃艮第紅酒。

一定喝醉。在手機裏找詩，站在桌子上讀詩。如果有毛筆和墨，趴在地上或者倚在牆上寫遺偈，叮囑老闆娘保留。

這麼多年了，「臨深履薄」的意識深入骨髓，還是在失去意識之前自己回到自己的床上，挑一塊碎玉（不是一個清代的扳指就是一枚西漢的含蟬），撥一個電話，大喊一聲「我愛你」，然後關機，睡去，死去。

以上這些關於最後一天的念頭翻滾完畢，我的結論是：生而為人，如果不能每週都有這麼一個最後一天，至少每月、至少每年要有這麼一個最後一天吧？

把一輩子當成一天過

純鈎老哥，最近身體還好？你腎臟的問題診治得如何了？晚上起夜的次數減少了一些嗎？

我一直擔心收到顏純鈎總編輯的這封電子郵件，但是我知道，這封電子郵件一定會來，就像四季和生老病死。他在郵件裏説，終於要徹底退休了，再過一年就70歲了，太太的身體一直不好，現在自己的身體也開始不好了，該徹底休息了。他還説，紙書出版日漸式微，毫無變暖的跡象，他是天地圖書公司聘用的第一個全職編輯，如果再耗幾年不走，也可能是最後一個了，他想給現在的同事一點做主編的時間。

他是我漫長的寫作、出版生涯中遇上的最好的編輯和書商，沒有之一。

更有意思的是，儘管我堅定地認為我的判斷是正確的，但是，如果有人讓我説説，我為甚麼認為顏純鈎是最好的，沒有之一，我實在想不出他有任何出奇的地方。

與他相反，在我漫長的寫作和出版生涯裏，我遇上過很多編輯和很多書商，他們有的長得很帥，有的很會説話，有的修了很久的佛，有的會太極拳，有的信奉不

婚，有的有很多女友，有的是個詩人，有的有很多天天上頭條的朋友，但是時間流水，歲月沖刷，這些人都成了他們本來就是的人渣，彷彿驀然升起的煙花，驀然落下。

讀完這封郵件之後，我逼我羅列顏純鉤的好，發現全是非常簡單的事情，但是和社會常規做法相比，竟然是如此難得：他主動找到我是因為他覺得我寫了一本內容奇怪而文字綺麗的小説，而不是因為我的名氣可以幫他掙錢，那是 2011 年我生日之前；他和他的董事長説，《不二》不是一本淫書而是一本奇書，我們要為漢語的生長做一點貢獻、要做最後一個能出版這本書的方寸之地；他在下印廠之前，打印了全部稿件快遞給我最後確定，以後每一版都這麼做，到現在已經接近二十版了；他在每次印刷之後不等書籍入庫就和我結算版税，然後寄給我一張支票；他每年和我吃兩次飯，每次吃飯都問我兩個問題，最近累不累，最近在寫甚麼。而其他書商堅持的是：不要出事、不要費事、不要透明、按實際銷量結算版税，儘管他們完全不知道任何一個時點的實際銷量是多少。

比較之後，我明白了，有些人只是放下自我，做好最基本最本份的事兒，這樣做很久，就成了最好。這些人習慣性地少想，把一輩子當成一天過。顏純鉤就是這些極少數人中的一個。我要向他學習，做另外一個。

2011 年之後，《不二》出版之後，我 40 歲之後，

至今六年，每次進出香港機場，我都看見《不二》在機場書店醒目的位置上，周圍變換大王旗，大奸大猾大商大佬潮來潮去起起伏伏。我每次見到，都很賤地拍個照片，每次心裏都很不賤地想起顏純鈎，我們在末法時代做到了似乎不可能做到的事情。

我以前問過他，退休之後去幹甚麼。

他的回答讓我看到今人也能活得像個古人。他說，他會多讀點忙碌的時候沒時間讀的書，去一些忙碌的時候沒時間去的地方，和少數幾個人多聊聊天。他說，他會買點墨汁，找點舊報紙，每天練半個小時毛筆字，半個小時之後，手掌微微熱。

我越來越相信，所有人類都是上輩子積德不夠才在今生又轉生為人，而不是一株植物或者一隻飛鳥。所有人類都是一身毛病。但是顏純鈎讓我看到，如果我們放下妄念，還是能活得有個人樣兒，哪怕在今生。

明月幾時有

　　有朋友引薦，請我去湖畔大學講講課。湖畔大學由馬雲先生於 2015 年 3 月在杭州創建，曾鳴先生任教務長，願景是「再過二十年，中國五百強中的 CEO，兩百個跟湖畔大學有關」。有統計數字表明，湖畔大學是世界上錄取率最低的大學，每年三十個學生，基本要求是：創業三年，員工三十人，營收 3,000 萬。據説，實際錄取學生的平均家底兒遠遠超過了這個基本要求。

　　在我思考要講甚麼內容的時候，我想起了蘇東坡。這三十個學生都是嚴格意義上的成功人士，有戰略、有戰術、有實操、有團隊、有資源、有輝煌歷史，和他們聊甚麼呢？這三十個學生都是嚴格意義上的阿爾法人類，「永遠爭第一」，經常（如果不是永遠）得第一，總想在舞台的中央，總想最牛，總不甘寂寞，總盛食屬兵，總破釜沉舟，總是推進着歷史的進程，但是，不一定總是推進着社會的進步。和他們聊甚麼呢？湖畔大學的三人備課組來我廟裏，和我探討課程，提及，湖畔大學是將「研究失敗和失敗教育作為教學核心」。失敗是成功之母，研究失敗是為了更好地成功，更經常地拿第

一。但是，甚麼是成功？是否需要永遠爭第一？

我想起了蘇東坡，我把湖畔大學三人備課組當成三十個學生中的某三個，脫口問：「各位知道蘇東坡嗎？」

「當然。」

「那各位知道蘇東坡那時候宋朝是北宋還是南宋？他那時候的皇上叫甚麼嗎？那時候最有權的大臣叫甚麼？那個大臣做了甚麼事兒？那時候的首富是誰？」

「不太清楚。」

「各位會背任何一首蘇東坡的詩或者詞嗎？」

「明月幾時有！」

於是，我想，不要 PPT，上課前不發任何講義，不提前讓同學們知道講甚麼，設定我要講的內容如下：

第一部份：問三個問題，請三到五個同學分享。沒有正確答案，沒有標準答案，我不做點評，最多再追問一兩個問題。

一、你至今做過的最牛的一件事兒是甚麼？你為甚麼這麼認為？

二、你的人生偶像是誰？你覺得他／她甚麼地方最牛？你覺得你和他／她的差距在哪裏？

三、面對餘生，你內心最大的危機、恐懼和困擾是甚麼？你打算如何去克服它們？

第二部份：我替蘇東坡答答這三個問題，給各位同學做個參考。

第三部份：講講我的「不二」人生，我自己如何回答這三個問題。我如何寫作？為甚麼寫？怎麼寫？

第四部份：自由問答。

其實，在第二部份裏，說是我替蘇東坡回答，我怎麼替啊？我無非是想給湖畔大學的同學們一個跳出來看的視角，更超脫，從更大尺度的時間上去觀照現實。好在，無論我怎麼替他答，他都不會說不對。

這三個問題裏，我最容易替蘇東坡回答的是第一個。

蘇東坡很牛的是，修了一條路，叫蘇堤。在他的生前身後，有無數人走過這條路，一線路，兩面水，幾座橋，數點山，現在公認是杭州乃至全中國最美的一條路。在他的生前身後，有無數人在這裏凝神、傷心、愛戀、釋懷、嘆息。每個人每走一次，有意識無意識地都會敬他一次。比起那些掙了無數的錢，但是樓蓋得如同迷宮一樣、動線安排得如腦殘一樣、去一次就忍不住罵他娘一次的房地產開發商，他福德多多。

蘇東坡牛的是，創了一道菜，叫東坡肉。「竹外桃花三兩枝，春江水暖鴨先知。蔞蒿滿地蘆芽短，正是河豚欲上時。」我聽見了他的心裏話：「我去，春天終於來了，筍可以吃了，鴨子可以吃了，河豚也可以吃了！好開心，春風十里不如吃你！」這麼多年過去了，四季依舊在輪迴，每年春天都會來，每天少吃一頓都會餓。蘇東坡的胴體已經消亡很久了，但是每天還會有很多人懷念東坡肉。

蘇東坡牛的是，寫了幾首流傳至今的詩詞。「明月幾時有，把酒問青天」，很普通的十個字，似乎很簡單的意思，而且意思裏有些傻二氣質浮現：你問明月甚麼時候有幹甚麼呢？你問青天，青天就知道嗎？你把酒，把酒就很了不起嗎？明月就能被你喝出來嗎？但是，如今，每個夜晚，都有很多人把酒，把酒的有些人會問天，問天的有些人會問：明月幾時有？

　　蘇東坡牛的是，寫了一手自己的字。他的字跳出二王體系很遠，但是字因人傳。「我書意造本無法，點畫信手煩推求」，他就按照自己的理解，自由自在地寫了，他的《寒食帖》也被體系中的人評為天下第三行書。

　　還有其他很牛之處，容我以後寫本小書，詳細列出。

　　作為一個阿爾法人類，除了生前，還不得不想想身後的事，否則就不是最牛的阿爾法人類。等我在湖畔大學和同學們聊完，再寫信和蘇東坡溝通我的感受。

二十年來家國

畢業二十年。

沒想到這麼快。

1990 年入學，1998 年畢業，如今 2018 年，畢業二十年。八年醫學院之後兩年商學院，我商學院快畢業前幾個月，找人生第一份全職工作。我看到一些工作描述，要求八年以上工作經驗，我心裏第一個反應是：瘋了吧？要熬到甚麼時候才有那麼多工作經驗啊！

沒想到，撒泡尿的工夫，這二十年就過去了，我也有十八年的管理工作經驗了。

你好嗎？

我一般，過得去。

我們班馬上畢業二十週年聚會，我不得不回望一下這二十年來的家國。

八年醫學院讓青春期過長，讓江湖過遠，足不出東單、王府井，心不窺園，我經歷過了一輩子裏最坦誠陽光的、最禽獸草木的愛情，最心無旁騖、最無功利心地讀了一輩子裏一半兒以上的書。畢業之後，二十年來家國，每年百次飛行，很少在一個城市持續待上一週，沒

有一週停止思考國運、經濟走勢、行業動態、商業模式、人性桎梏，分不清戀情、激情、姦情、革命友情，還是戰略夥伴兄弟情，書也明顯看得少了，總從過去的閱讀中提現，雖然總惴惴然，但是總安慰自己說，之前讀萬卷書，現在行萬里路，「紙上得來終覺淺」。

這二十年，國運太強，我太忙，忙得一眨眼，我老爸已經走了，我老媽已經走不動了。

這二十年，在不同的城市生活和工作，住處、辦公室，留下了十幾堆小山樣的東西，一直以為能有時間收拾，一直沒有時間收拾。如今都運回了北京，置於一處，為了紀念畢業這二十年，我專門請了兩天假來收拾，斷捨離其實就是一個字：扔。物盡其用，實在捨不得扔掉的，就是我這二十年的物質遺產，就是我的二十年，就是我。

房子沒扔。

第一份工作一年後買的，不到 1 萬元 1 平方米，不到二十年後，1 平方米不到 20 萬元。聽說扔了就徹底自由了，我想了想，我似乎還是需要一點點不自由，一張安穩的書桌。最年長的 00 後今年也成年了，在房子的問題上，他們徹底自由了，如果長輩不資助，無論他們做甚麼工作，他們不用想靠自己的工資在一線城市買房了（其實也真沒必要）。

書沒全扔。

扔了好些雜誌和書，都是不該印出來的雜誌和不該鼓起勇氣寫書的人寫的書，還有好些貌似權威編的漏洞百出的知識書（最可怕的是我不知道這些書裏哪些是真的，哪些是編者胡編的）。還是留了很多書，所有飽含細節的歷史書（哪怕編者史觀不正），輕微變態作者寫的非常變態的文學書，全部出土或者傳世的古美術圖錄和遺址挖掘報告，依舊有用的教科書（比如《種子植物學》和 Netter 的 *Atlas of Human Anatomy*），地圖，某些有特別意義的某期雜誌（比如刊登了〈讀書無禁區〉的《讀書》創刊號）。我今年年中以延期一年半的速度讀完了《資治通鑒》，我幻想沒準兒會有時間讀完一半我想在死之前讀完的書。

筆記本都沒扔。

這二十年沒有停止開會和記筆記，積累下來大幾十本了，那裏面也有會上開小差兒寫的詩歌和小說開頭。這二十年的經歷現在還不能直接寫成小說，但是見識在腦海裏，細節在筆記本裏。我好幾次夢見，我其實早已寫好了兩三個長篇小說，就是忘記放到書架的哪個地方了，早起，夢醒，看到那一堆筆記本，意識到夢不完全是夢。

電腦和遊戲機都沒扔，還有那些遊戲光盤。過去

二十年，每隔兩三年換台電腦，剩到今天的，我也就不捨得再扔了。也沒敢插上電源重新開機，第一是怕徹底啟動不了機器，第二是怕徹底找不到開機密碼。我隱約覺得經濟不會一直高速增長，總有一天，地球轉得不這麼快了，我也老了，我可以重新打舊時的遊戲（比如《命令與征服》）和開始新的戀愛了。

再過二十年見。

站直不哭

那些並不閃閃發光的牛人

　　我的超師弟在協和醫學院當了解剖系主任，在東單三條協和九號院有了一間自己的小小的辦公室，衝東，天天可以看到晨光和草木葳蕤的庭院。我很羨慕他。

　　在一個人的一生之中，會有極少數的幾個人、幾天時間、幾件事兒、幾個地方對他產生巨大的不成比例的影響。這個人有了一定年紀之後，開始不由自主地懷念這幾個人、這幾天、這幾件事兒，隔一段時間，就想再去這幾個地方看看。在我個人的單子上，協和九號院排在這少數幾個地方的第一位。其他建築物還包括：北大燕南園和未名湖，北京東護城河，灣區伯克利山。我在北京生、北京長，在我生長的年代，北京的好些廟宇已經被毀了、好些廟宇被改作他用。協和九號院先是我學醫的地方，學習生命、病痛、心碎、失身，後來被我當成廟來用，每兩三個月，路過的時候，就進去，在台階上坐一會兒、站一會兒、被風吹一會兒。我早就不記得建築物屋頂上的五脊六獸都是甚麼名字，就好像早就忘了顱底都有多少個孔兒、都有甚麼血管和神經通過了，但是我能清楚地記得曾經的幻滅、肉體、詩意，記得我

作為一個人的三觀在這個氣場裏形成的過程。

協和九號院的正門有保安把守，除了開會，我都從沒有保安把守的側門進去，待一會兒再從保安把守的正門出來。超師弟忙，又不是依舊美麗或者曾經美麗的師妹，我很少打擾他。只有一次，我忽然想去看看大體解剖室，就去騷擾他。

解剖室比我學醫的時候條件好了不少，燈光明亮，地板潔淨，沒了舊時人類脂肪黏鞋底的油膩感，也沒了福爾馬林刺鼻的味道，聽説用了新型的防腐劑。人體骨架還在，散站在解剖室的四個角落。我遙望骷髏空洞的眼窩，感到我的三觀在瞬間崩塌，在瞬間重建，我再次明確：認識到人生沒有終極意義是一切人生幸福的起始點。

超師弟拉我到一樓，説讓我看一個最近才基本復原的角落：101 室。Davison Black，步達生，加拿大籍，人類學、神經學和解剖學教授，協和醫學院第二任解剖系主任。從 1921 年到 1934 年，101 室是他待了十三年的辦公室。辦公室不大，20 平方米左右，裏面一張書桌、一台打印機、一部電話、幾個書架、一些骨骼標本、一些後貼上去的事跡介紹。

在我走入辦公室之前，我不知道步達生的名字。在現存人類中，知道他的名字的人估計不過萬人。但是，知道他帶過的裴文中的名字的，應該在百萬級；知道他起始、主持、推動的北京周口店古人類遺址發掘的，應該在千萬級；知道另一個和他同樣是加拿大籍醫生的白

求恩的，應該在億級；知道他和其他很多人一起創立的協和醫學院的，應該在十億級。

其實，簡單地說，我想說的是，很多像他一樣極牛的牛人並不出名，並不閃閃發光，而這些並不閃閃發光的牛人才是世界美好的最重要的基礎。感謝像他這樣研究冷僻學問的人，感謝寫《金瓶梅》和《詩經》的無名氏，感謝製造通靈的高古玉和高古瓷的無名氏，也感謝讓協和九號院的門窗一百年來還推拉自如的無名氏。

超師弟拉我到 101 室旁邊的 102 室，指着門問我：「猜，這間房子是幹甚麼用的？」我看房門上橫着數道鐵鎖，屋子又在步達生的辦公室旁邊，就猜：「標本室。」超師弟說：「錯了，幾乎沒人猜對過，這是酒窖，當時存放葡萄酒的地方，曾經有很多瓶葡萄酒。」

「一百年前在中國的葡萄酒窖，不是中國最早的一個，也應該是之一了，講究啊，每個牛人似乎都有某些腐朽的地方。」我想。

1934 年 3 月 15 日下午，因為心臟病發作，步達生死在 101 室的辦公桌旁，終年 49 歲。「那一剎那，你手是否在摸着那個著名的北京人頭蓋骨，你手旁是否開了一瓶葡萄酒？」我想，這麼死，命真好。

對了，步達生死之後，那個北京人頭蓋骨找不到了。幸虧他和其他前輩的仔細記錄，原尺寸複製，我等才得以有眼福看到北京人頭蓋骨的樣子。現在這個複製品就擺在他原來的辦公桌上，面朝南。

人生三原則

　　我越老越覺得人類難以相處，很多情況下，他人是地獄，地球居不易。

　　從某個人類個體出發，和身邊最親近的關係難處啊。

　　雖然曾國藩説過，「養親以討歡心為本」，但是我以這個原則管理我和我老媽的關係時，我內心常常有種溺愛縱容、養虎為患的感覺。我姐不能和我老媽同處一個國家，我哥不能和我老媽同處一個城市，我祭起我內心全部的混蛋，也做不到和我老媽同處一個屋簷下，我和她在兩個相鄰的小區，相隔 800 米，如果有事兒，我能馬上飛奔過去，如果沒事，一碗熱湯麵端了過去，到她門口不會涼。

　　我開始不是特別理解我姐和我哥，有次我們三個人一起和我老媽吃了一個中飯，我老媽一直在追憶似水年華、辱罵天地禽獸和她認為禽獸不如的我們仨。中飯吃到一個半小時的時候，我看了一眼我姐，我姐的臉色是生無可戀的大涅槃臉色。中飯吃到兩個小時的時候，我哥給自己倒了半杯礦泉水，吞了兩片緩解頭痛的止痛片。

　　我老媽説：「現在生活真好啊，我上個妝去樓下倒

個垃圾，遇上的所有人都誇我長得漂亮。你們說，這個樓裏的人是不是真沒見過世面，還是我的確長得好？現在生活真好啊，我三個月，200塊錢都沒花出去，吃的東西塞在冰箱裏都迂出來了。你們說，是不是祖國強盛了、人民富強了？」

我沒忍住，說：「您別扯了，房租是我付的，車是我幫您打的，衣服是您倒垃圾之後閒逛撿的，配飾是我們幾個在過去幾十年送您的，蔬菜、水果、米麵和魚肉都是我們幾個在網上訂完直接送到您住處的。要不您把銀行卡和密碼都告訴我？我給您演示一下如何花錢。」

老媽說：「你少犯混蛋，你都是我的，你和我算這麼清楚幹嗎？」

兩性關係更難處。

「你會愛我一輩子嗎？」這的確是一個在現實中和電視劇中非常甜蜜和常見的問題，但是，有比這個問題更傻逼的問題嗎？相愛得再深的兩個人，也難保證初相見、初吻、初夜兩年之後對於彼此的腎上腺素、多巴胺、內啡肽都還在，也難保證初相見、初吻、初夜二十年後，兩個人中的一個或者兩個不變成一個純傻逼、一個油膩的中年猥瑣男／女。

「人生若只如初見，何事秋風悲畫扇。」唔，唔，唔，人不能兩次踏入同一條河流，人和另外一個人也不能兩次初相見，這是常識。

看朋友們養孩子也難。

生了孩子的父母也心虛：「孩子出生時，我們也沒徵求過他們的同意。」所以難免拚命照顧。十八無醜女，三歲無惡魔，任何孩子很小、很無助的時候總有非常可愛之處，任何孩子剛剛學會說話和走路的時候，似乎總能感到神在微笑着展現他的神蹟。但是，當孩子們開始面對社會時，面對長得如豬八戒他二姨的孩子，父母還能用看嫦娥的眼神看着？即使父母的眼神還是看嫦娥的眼神，社會上其他人的眼神呢？這種落差造成的傷害，算誰的？

　　從某個人類個體出發，和社會上路人甲們的關係也難處啊。

　　你不加塞兒，他加塞兒。你遵守交通規則，他不遵守。你不降維攻擊，他降維攻擊。你輸了，他贏了，至少在那些瞬間暫時的。你是教育他不要降維攻擊，還是學習他，也對他降維攻擊？

　　從某個人類個體出發，和自己肉身的關係也難處啊。

　　上山容易下山難。你人生前半場依賴的制勝習慣和制勝性格到了人生下半場都很可能成為羈絆。比如，協和醫學院老的校訓是「如臨深淵，如履薄冰」，不踐行校訓，成不了名醫，一輩子踐行校訓，這輩子是不是有些虧欠自己的肉身？

　　難以相處的個體組成群體，人類不同群體之間的關係更難處啊。

　　彼此三觀不同，成長背景不同，境遇不同，出發點

不同，成年個體之間發生爭執，已經很難分出對錯。人類個體組成的大群體之間，協調矛盾就更難。歐美用了兩次世界大戰和死傷幾千萬人口的代價才似乎明白，儘管矛盾難以調和，戰爭也不是解決矛盾的最好方式。

地球居不易，想來想去，我設立了三個原則，要求自己盡全力做到；不要求別人，但是尊重一切能做到此三原則的人類個體；躲開那些做不到此三原則的個體。

人生第一原則：自己的事情自己做。

人生第二原則：不給別人添麻煩。

人生第三原則：在人生第一和第二原則的基礎上，自由定義一個自己喜歡的原則，比如，今宵歡樂多。

休言萬事轉頭空，
未轉頭時皆夢

　　我細細想了一下，在我的前半生，司馬光應該是我念叨最多的一個人類了，無論中西，無論古今。每開始閱讀新的一卷《資治通鑑》，第一行都是：朝散大夫右諫議大夫權御史中丞充理檢使上護軍賜紫金魚袋臣司馬光奉敕編集。

　　似乎很多人類在小的時候都有不切實際的夢想，我也是。在這些不切實際的夢想中，很多不需要具體做甚麼，等着老天給或者不給就好了，比如遇上一生獨一無二的愛情，比如寫出有自來水處就有人歌詠的詩。有些不切實際的夢想就會需要很多自身努力，其中最耗時間和生命的一個是：我想讀盡天下書。買了《全唐詩》《全宋詞》《冊府元龜》，買了《諸子集成》，買了《十三經注疏》，買了二十四史，買了《資治通鑑》。剛有自己的電腦不久，四處蒐羅一切可以蒐羅到的電子書，包括一個幾百兆的《四庫全書》，以為水滴石穿，總有一天我能讀完。

　　第一次試圖看《資治通鑑》是在 20 歲左右，看醫

學教科書看煩了，就翻《資治通鑒》換換腦子，安慰自己「我不是不務正業，我是在研讀人類心理學」。兩漢三國之前看得相對仔細些，看到西晉五胡亂華之後，天下似乎越來越亂，醫學的功課越來越重，就看得越來越潦草。我在每一卷前都看到司馬光漫長的頭銜和名字（第二行就簡明扼要很多：後學天台胡三省音注），很好奇，紫金魚袋是甚麼東西？甚麼材質？甚麼圖案？哪種紫色？

離開北京二十年後，年近半百，我把散在各處的書都集中到北京垂楊柳，《全唐詩》、《全宋詞》、《冊府元龜》、《諸子集成》、《十三經注疏》、二十四史、《資治通鑒》，還有那些醫書，還有那些商科書，還有那些佛經，還有那些西方哲學，還有英文小說，還有其他好多我曾經想讀的書。我忽然意識到，在死亡來臨之前，我讀不完這些書了。

我問一位博覽群書的老友：「西方哲學有意思嗎？要不要讀？從哪幾本書開始？」老友說：「西方哲學是個大坑，你就別逼着自己讀了。」我一時覺悟：不該妄想讀盡天下書，讀自己最感興趣的就已經足夠，其他的書，有其他感興趣的人類去研讀。我想，我最大的興趣還是了解人性，了解人性的最佳辦法似乎還是以大尺度的時間觀照人性的變與不變、輪迴與演進。以這個思路定優先、做減法，不讀西方哲學了，不讀西方政治學了，不讀物理和信息學了，如果只讀一本古書，就讀這本《資

治通鑒》，如果只讀一本史書，就讀這本《資治通鑒》，甚至如果只讀一本書，就讀這本《資治通鑒》。

中華書局二十冊版和十冊版《資治通鑒》都太沉了。我用 Kindle 裝了一個電子版的，酒後，睡前，放下手機，開始第二次閱讀《資治通鑒》，一卷，一卷，比第一次認真多了，比第一次收穫多了。多次讀到意識逐漸喪失，扔 Kindle 在枕邊，昏昏睡去，多次夢見《資治通鑒》裏的場景和對話，刀光劍影，落花流水，彷彿腦子裏自帶視頻播放功能。本來立志一天一卷，一年內讀完，沒做到。又過了一年，勉強讀到了接近二百卷，唐太宗李世民殺完了他兩個親兄弟，和魏徵叨叨管理學的精髓，很精彩。無志者常立志，我再次立志，如果在戊戌年再讀不完剩下的小一百卷，天誅地滅，人皆可恥笑之。

在歷史的輪迴裏，多做些「小而美」的實事，比如寫點扎很多人心的詩，比如修一條春風十里的湖堤，比如建一個救很多人的醫院，比如創個服裝樣式，比如燉個被很多人吃了還想吃的肉，比如燒個被一代代人珍愛的茶盞，比如主持編集個歷代讀書人都繞不過去的《資治通鑒》。如果以「不朽」觀照，這些小事遠遠強於那些一時權傾天下、名動天下、殺人無數、掙錢無數的大事。一千年過去了，司馬光權傾天下，司馬光撕逼王安石，甚至司馬光的文章和長相都已經湮滅在歷史的塵埃裏，彷彿從來沒有存在過一樣，只剩一個「司馬光砸缸」和一部《資治通鑒》如山川大地般亙古常新。

不急不慢地做一輩子

　　我在 2015 年 11 月之前，從來沒去過日本。之前，在東京成田機場轉過兩次飛機，每次都沒出過機場，實際上不能算去過日本。之前，在長大的過程中，到處是日本的痕跡：鐵臂阿童木、一休動畫片、七色花的娜娜公主、任天堂的《超級馬里奧》、PSP 的《罪惡城市》、黑長直頭髮的真由美、《源氏物語》、成人愛情動作片、曜變天目盞、泡茶神器鑄鐵壺、變態到老的川端康成、一直不自信的芥川龍之介、手撕鬼子和箭射飛機的抗日神劇。感覺中，除了戰爭之外，是個簡單、安靜、安居樂業的地方。

　　2015 年 11 月底，一個好朋友結婚，希望有儀式感又不被打擾，就把婚禮安排在京都的二條城。我第一次有機會去了日本，先落仙台，然後東京、京都，還去奈良耍了一天。以前第一次去一個城市，如果時間能擠出來，一定會先逛博物館和古董店，這次還是逛了古董店，但是把博物館換成了餐館。年紀大了些，反而不太想把日程塞得太滿。吃好、喝好、睡好、跑好，再買到一二碎玉、一二茶盞、一二文房，就是完美假期。

走馬觀花，浮在表面上的印象是，日本乾淨、安靜、恬靜、精細、老舊。幾乎沒見到任何衛生死角，沒見到任何亂停車，沒見到任何加塞插隊，沒聞到任何令人生厭的怪味道。火車車廂裏不能接電話，接電話要到車廂連接處的指定區域，乘客之間的聊天也彷彿是遙遠的耳語。出租車上座套潔白，沒有分眾傳媒之類安裝的廣告屏幕，有 USB 充電插口。儘管好些區域的人口密度超過北京、上海、香港，還是沒有太多焦急、鬱悶、忙碌飄浮在街面和人周身。地鐵站附近，在類似單人洗手間的吸煙室，煙民獨自在半厘米、半厘米地吸煙，外面趕地鐵的人來來往往，聞不到一點煙味。空間被利用得寸土寸心，火車上的男性洗手間是我見過的最簡潔的，鎖都沒有，開大玻璃窗，進去的人背向窗戶，撒尿，其他人看到背影就知道，已經有人比他先尿了。街上的老太太比小姑娘多，多數都順順美美、整整齊齊、乾乾淨淨，不動聲色地在街上走來走去，彷彿街邊楓樹和黃柏上面不再嫩綠卻堅持美麗的葉子。出租車司機的眼睛都花了，給他們寫了地址的紙條，都要拿到距離眼睛很遠的地方看了又看。逛了四五家古美術店，中國舊物不多，仔細挑，買了一把銀壺、三隻宋代的建盞。兩隻盞口很小，六七厘米，適合當茶杯用；一隻很重，器形漂亮，賣家明確註明，口沿有修補——讓店員幫忙找，兩個老太太找了半天，沒找到，但是堅持說，一定不是完整的，價錢上也有明確的反映。

去了青空的壽司店，去了早乙女哲哉師傅的天婦羅店，才知道為甚麼他的幾個有名的餐館需要提前很早訂位，需要找關係訂位。這幾個店，都是只有八到十個吧台位，中午、晚上各翻一次台，一天也就能接待不到四十個客人。訂位的時候，對於日本餐飲精熟於胸的朋友説，早乙女哲哉的天婦羅最是必須吃。

　　我問為甚麼。他説，日料三大神，壽司之神小野二郎、鰻魚飯之神金本兼次郎、天婦羅之神早乙女哲哉。小野二郎如今平均只讓客人吃 20 分鐘，客人匆匆吞下帶着他手溫的壽司，匆匆被請出。金本兼次郎自己已經不動手了，去店裏只是視察一下。早乙女哲哉是每週休息一天，每年只休息一週，如此，已經六十年了。

　　店藏在一個居民區裏，我訂的是中午第二台。人到的時候，第一台還有三四個客人沒走，我被引到二樓。二樓的休息區也是店主的古美術收藏展示區，展品常換。我掃了眼展品，多數開門看老，但是看不出他的審美系統，似乎甚麼都有一點，東洋、西洋，中國、朝鮮。

　　展品沒來得及細看，我們就被請到一層吧台位，八人圍着早乙女哲哉和他的炸鍋坐了半圈。一個徒弟在他周圍幫忙，但是從不碰炸鍋，另一個徒弟在我們後面招呼。早乙女哲哉在炸鍋邊有節奏地操作，材料處理、下鍋、出鍋、上桌。車海老、沙鑽魚、墨斗魚、海膽、辮子魚、星鰻、松口蘑、蘆筍、青柳貝柱團，五顏六色放下油鍋，同樣金黃色地出鍋，咬開，金黃色的炸麵糊打

開，原來的五顏六色還在。過程中，屋子裏一片安靜，最大的持續的聲音來自沸騰的炸鍋，似乎中雨持續打擊屋頂，早乙女哲哉一直一臉嚴肅，不言不語，像一個人在夜路上不急不慢地走。

甜品之後，他洗洗手，開始有笑容，和一個美美的小隻老太太食客聊天，聲音比笑容還小。看我在翻他手繪的小菜單，他就指給我看——今天沒有巴沙魚、銀魚、香魚，因為現在不是牠們應該出現的時節。他不會漢語，幾乎不會英語，我唯一會的一丁丁點日語是從日本成人愛情動作片學習的，以象聲詞為主，他還是通過手勢讓我基本明白了他要表達的。我請他在小菜單上簽名，他拿出毛筆，不僅簽了名，還花了五分鐘畫了兩隻大蝦。

走回地鐵站的路上，我問自己：好吃嗎？

答案清晰：好吃，很好吃，名不虛傳。

接着問：如何好吃？

想了很久，有幾個形容詞勉強冒出來：平衡，中庸，合適，毫不誇張。

再接着問：如何做到的？

想了更久，儘管我從來不進廚房，我還是想琢磨琢磨。我猜：食材和因材。取當季的最好的食材，用最適合它的油、油溫、麵粉、時間去炸。

所謂一個人的成功不也是一樣的嗎？所謂秘訣無非就是，知道自己是塊甚麼材料，愛做甚麼事兒，能做甚麼事兒，然後不急不慢地做一輩子。早乙女哲哉 15 歲

入行，30 歲成名，到如今，在是山居的一口炸鍋前玩了六十年。檢點我自身，16 歲開始寫第一個長篇，一枝筆也寫了三十年，不着急，還早，這輩子還長。

別來常憶君

沈昌文老哥：

　　見信好。

　　我 40 歲以後，見到比我年長的男性都叫「老哥」，彷彿天津人管年紀稍大點的女生都叫「姐姐」。這樣，總透着點親切和平等，似乎有種不知老之將至的樣子。所以，我這樣叫您，如果按常理沒論對輩份，老哥勿怪。

　　2021 年 1 月，我在倫敦，處理完工作，給自己打了杯香檳，泡個澡，刷手機，微信朋友圈裏被您仙去的消息刷屏。90 歲，高壽，在睡夢中走了，福德多多。我老爸 83 歲的時候，也是在午睡中走的。知道老爸仙去消息的時候，我不在北京，沒見老爸最後一眼，蹲在香港的洗手間裏望着北京失聲痛哭。知道您仙去消息的時候，我不在北京，在倫敦的澡盆裏，眼睛竟然也濕了一下，或許是喝多了，容易感動。

　　我第一面見您是十年前，那一面也是最後一面。從初中到大學再到參加工作初期，我一直堅持讀《讀書》雜誌，在相當長的一段時間裏，您是主編，每次翻雜誌的時候都能看到您的名字。後來您不做主編了，《讀書》

也越來越少了些真知灼見，我也就漸漸不看了。

　　您通過共同的朋友約我見面，要聊我小説在台灣出繁體字版的事。您的名字如雷貫耳，您還想把我的小説介紹到台灣去，我開心死了。我和我老爸説：「有個出版界的老前輩要來家裏吃個飯，可不可以啊？」我老爸説：「那我清蒸條魚。」

　　和傳説中的一樣，您穿了一個攝影背心、背着一個不大的雙肩背包，來我家喝酒。您從背包中拿出《閣樓人語》和《書商的舊夢》，已經簽好了名字，送我；從背心裏拿出一張複印後手剪的小紙片，上面一幅您的漫畫，一句「廢紙我買」，一個電子郵件地址。「電郵聯繫啊。」您説。

　　後來我讀了一篇《新京報》關於您的報道，才知道，您那時做台灣大塊文化的顧問，我是您幫郝明義先生聯繫的最後一個大陸作家。您來的時候，帶着您閨女，您介紹説，您太太是醫生，女兒也是醫生，如果女兒不陪着，太太就不讓您出去吃飯，怕您吃喝得不健康。飯桌上，您動筷子前，先看一眼女兒；您喝酒前，也先看一眼女兒。女兒輕輕搖搖頭，您就放下筷子，但還是端着酒杯，喝進嘴裏一大口，再退還給杯子大半口。

　　飯桌上，您聊了很多，十年後，我在澡盆裏只想起三點。

　　第一，您勸我，要放膽。「讀書無禁區，寫書為甚麼要有禁區？事到萬難需放膽，古往今來這麼多書了，

如果寫得沒突破，怎麼出頭？放膽寫都不一定能突破，何況縮手縮腳地寫。」

第二，您勸我，要自信。長久以來，我最大的問題是缺乏自信，不知道自己寫得如何、是不是垃圾、會不會流傳、會不會打敗時間、誰會有興趣讀、為甚麼讀。「你全職工作那麼忙，還能這樣堅持寫，就說明老天給你這碗飯。我一輩子幹的事就是看稿子，我看了一輩子稿子。你的小說，我看了，寫得好。否則，我也不來找你了。」

第三，我總結您的工作經驗，每個人的工作都有一項最重要的活動，很複雜的工作中最重要的那項往往非常簡單。

「做個好編輯，最重要的工作是甚麼？」您喝了一點酒之後，我問您。

「做編輯最重要的工作是請作者吃飯，做好編輯最重要的工作是請好作者吃飯。今天實在不好意思，還讓你請我吃飯。下次，一定我請你吃飯。」您回答。

一晃十年，中國增長最快的十年，我這一代過度工作、過度忙碌的十年，您說的下次也沒有了下次。我在澡盆裏端起酒杯，一邊喝一邊後悔，過去十年裏，為甚麼沒多約您幾次喝小酒？

逝者不可追，想想生者，那些出現在我生命裏的、還在世上的、具備導師屬性的老哥兒也都在奔向 80 歲的路上了。他們數量極少，只有個位數；他們對於我極

其重要，用最簡單的方式讓我明白世間最複雜的道理。

　　等新冠疫情緩解之後，我要馬上厚起臉皮約他們吃喝，一起做一點都喜歡做的小事，比如刷字、塗鴉、侃山、論書。哪怕再忙，無論是他們還是我，我也要把見他們放到第一位，盡量約起來。見這些老哥兒，比見前女友們更重要，比讀今生想讀但是還沒撈到時間讀的書更重要。

　　我在澡盆裏喝乾了杯子裏的酒，祝您在天國安好，有禁書讀，有廢紙買。

PART 4

和好玩好看的
人消磨時光

让人生变得有聊一点

幹過的最文藝的事兒

我固執地認為，一個時代的變壞是從嘲笑文藝青年開始的。如果一個人絕大多數時候只想着有用，做一個有用的人，只做有用的事兒，那麼這個人很可能無趣。如果一個城市只允許三觀類似的人存在，不認同這套三觀的人受到持續而穩定的排斥，那麼這個城市即使極其現代化、極其宜居也難免極其無聊（腦子裏冒出兩個城市的名字，就不明說了）。如果一個時代越來越鄙視那些不主流的、不務實的、不上進的人和事物，這個時代會越來越不好玩。

回看歷史，有史以來最文藝的一本書是《世説新語》。劉義慶分類總結了一批類似竹林七賢的逗逼千奇百怪的逗逼行為，滿山雜樹，滿樹雜花，天地間瀰漫着迷人的逗逼氣質。如果週一到週五遇到太多油膩猥瑣的人和事兒，週六和週日我就翻翻《世説新語》，非常治癒。

整本《世説新語》中最文藝的事兒要數「雪夜訪戴」。原文如下：王子猷居山陰。夜大雪，眠覺，開室，命酌酒。四望皎然，因起傍徨，詠左思〈招隱〉詩。忽

憶戴安道。時戴在剡，即便夜乘小船就之。經宿方至，造門不前而返。人問其故，王曰：「吾本乘興而行，興盡而返，何必見戴？」翻譯成現代漢語，大意是：王子猷雪夜醒來，開門，開酒，看到白茫茫一片，吟詩，飲酒，想起好基友戴安道。隨即乘小船去看他，一晚才到，到門口沒進就回去了。人說，你有病啊。他說，我乘興而去，興盡而返，不一定要見到小戴。

絕大多數人在雪夜不會醒來。雪夜醒來的人中間，絕大多數會繼續睡去，不會開門、開酒。開門就着雪景飲酒的人中間，絕大多數會拍些照片發朋友圈，比如插入雪地的酒瓶，比如大雪裏還綠着的樹，比如在雪地上自己的影子，而不會想到其他人。在雪夜裏喝着酒吟着詩、想念其他人的人中間，絕大多數不會說走就走乘船一夜去看一個基友。真的說走就走雪夜乘船訪基友的人中間，絕大多數不會過門不入，見門即返。這些人性的小概率事件組合起來，讓雪夜訪戴成為千古絕唱，成為骨灰級文藝案例。換一個角度，如果王子猷真能做到折騰這一夜臨門不入不射也盡興，也的確是至情至性至純至真的男子。滿足了自己，不給他人添任何麻煩，甚至不讓他人知道，雪霽長空，曠野飛鴻，自編自導自演自嗨，簡直是生活楷模。可惜的是，更多見的是假王子猷，儘管能做到雪夜訪戴，但是之後一定會讓小戴知道，之後很可能連續發朋友圈。

巡視周邊，我問朋友們，在你迄今為止的一生中，

你幹過的最文藝的事兒是？理工男基本選擇忽略我的問題，繼續在群裏討論中美貿易戰和區塊鏈。收到的回覆中，文藝級別比較高的包括：

我的一個男性朋友寫過近一百個小説的開頭，其中二三十個開頭有上萬字。個別開頭非常有力，比如一個小説的開頭是這樣寫的：「我住在亞運村以北三公里，讀書、嫖娼、思考。」這個朋友掙夠一兩年的生活費就辭掉工作，甚麼時候又開始談生意，就是錢花光了的時候。

我的一個男性朋友讀過很多書，卻能忍住不著不述，從來沒出版過任何著作，他有極強的鑒賞力，卻能忍住從來不做藝術創作。北大畢業前在潭柘寺住了大半年，思考人生，然後就沒拿到畢業證，也沒去當和尚。

我的一個女性朋友去過上百個國家。她每和一個男友分手之後，就去之前兩個人約好要去但是再也不能一起去的那些國家和城市。一個人出國，每到一處，找他名字首字母的街道，拍張照片，一張都不發給他。

我另外一個女性朋友在灣區用 Uber 叫車，她和司機説：「我在一個像極了小白象的雲彩下等您。」司機反問：「你腦子有病嗎？」

我想我自己幹過的最文藝的事兒應該是在 40 歲生日之前的兩年，幾乎每晚應酬喝酒，幾乎每次酒後都頂着酒勁兒以及借着酒勁兒寫《不二》。我固執地認為，40 歲應該是男性荷爾蒙分泌的頂點，之後就都是下坡路

了，我在 40 歲生日之前兩天寫完《不二》，在下坡路之前直面色情，算是自己送給自己的一個生日禮物吧。

我問我老媽：「我爸做過的最文藝的事兒是甚麼？」我老媽想了想說：「他似乎只做過很傻逼的事兒。你哥出生之後，他買了一個西式的嬰兒車，我問他：『這是幹甚麼用的？』他說：『初夏傍晚，夕陽下山，你在護城河邊用這個車推着兒子散步，多麼美好啊！』我說：『一個嬰兒車花掉大半個月工資，推着一個快餓死的兒子在河邊散步，美好個你媽！』」

我問我老媽，她幹過的最文藝的事兒是甚麼。我老媽想了想說：「我幹過的最文藝的事兒是生下了你。你是老三，那陣子計劃生育開始變嚴，國家要求，消滅老三，我拚了老命生出了你，當時也不知道為甚麼，這些不知道為甚麼的事兒，現在想起來，似乎相當文藝。」

周作人說過：「我們於日用必需的東西以外，必須還有一點無用的遊戲與享樂，生活才覺得有意思。我們看夕陽，看秋河，看花，聽雨，聞香，喝不求解渴的酒，吃不求飽的點心，都是生活上必要的。」天大的理抵不過「我高興」。人活天地間，不高興、不痛快的事兒太多了，佔的比例太高了，在不給他人添麻煩的基礎上，理直氣壯地文藝一點，不着調一點，純粹個人主義一點，生活會美好一點，梅花就落滿了南山。

帶着詩和香水離開

　　我儘管從三歲就開始吃糭子，但是到了很大年紀，還沒怎麼讀屈原的詩。人們說，吃糭子的習俗和紀念屈原有關。公元前二七八年的春夏之交，秦將白起攻破楚都，屈原選擇徹底離開，走向曠野，走向水，再也不回到所謂的文明。人們開始吃水煮的箬葉或蘆葦葉包裹的飯團，紀念他沉入水中的樣子。我和多數人一樣，吃東坡肉的時候會背「明月幾時有」，但是和多數人一樣，吃糭子的時候很少會背「路漫漫其修遠兮，吾將上下而求索」。原因也簡單，儘管他的糭子和東坡肉一樣簡單好吃，但他的詩歌比唐詩宋詞艱澀很多。那時候，秦始皇還沒統一文字，戰國七國用的漢字差異很大，發音和詩律也很可能各不相同，思想意識更沒有統一。他描述的意象更本真、原始、自在、荒涼、刻骨，人、神、巫繚繞，和天地草木禽鳥更接近一點，和現代文明養育的現代人更遠一點。「帝高陽之苗裔兮，朕皇考曰伯庸。攝提貞於孟陬兮，惟庚寅吾以降」，能解釋清楚這〈離騷〉第一句的現代人，一萬個裏可能也沒有一個。

　　我從三年前開始，背唐詩宋詞感到一點點膩，一絲

絲文明的腐朽盤踞在看似明澈清麗的字句裏。我開始往更高古的詩歌裏找慰藉，開始常讀《詩經》和《楚辭》，常想在我們文明的源頭上，人如何看待自己、男女、花草、天地、時間、祖先、戰爭、道義。

在和世界產生巨大矛盾時，屈原堅決地選擇了離開。他不開心地在流放之地的河邊溜達。他遇上一個披着儒家外衣的漁父。他説，他被放逐的原因是「舉世皆濁我獨清，眾人皆醉我獨醒」。漁父開始和他講人生的道理，聖人與時俱進，世人都濁，你就攪渾水，世人都醉，你就對瓶吹。屈原回答説：「做不到啊做不到，我遍識花草，我熱愛美人，我有潔癖，從靈魂到胴體。」漁父搖搖頭，覺得屈原的自戀裝逼症已入膏肓，放棄了對他的治療，不再和他理論，但是儒家的仁心作祟，臨去時還是唱道：「滄浪水清泡龍井，滄浪水髒做足療。」

在和世界產生巨大矛盾時，儒家的漁父們選擇積極雞賊地面對。生在盛世，努力的方向用張載的話概括就是「為天地立心，為生民立命，為往聖繼絕學，為萬世開太平」，充分用好自己這塊材料，讓世界因為自己而更美好。生在亂世，努力的方向用孟子的話概括就是「窮則獨善其身，達則兼濟天下」，照顧好自己，有機會就讓自己的牛逼閃爍一下，沒機會就管理好自己的命根子，不要讓自己的大毛怪控制了自己，帶着自己做很多傻逼的事兒。到了時局實在不可收拾，儘管無限貪戀豆漿油條院子妹子，漁夫們也選擇離開，保命第一，保身心自

由第一，「君子不立危牆之下」「小杖則受，大杖則走」，三十六計，走為上。

我 15 歲的時候，青春逆反，血液裏禽獸飛舞，我覺得屈原牛，寧可玉碎，決不瓦全，非絕學不學，非班花不娶。我 30 歲的時候，見了些世事，也做了些世事，班花也都嫁給了油膩膩的中年男人，我認同漁父們，有機會橫刀立馬，就多做一點，無常是常，一朝天子一朝臣；沒了機會，就收拾起雄心和雞雞，愛古玉古瓷、讀《周易》、聽春雨，不知春去幾多時。

如今，我 49 歲，我以每兩天一章的速度重讀漁父們皓首窮經寫成的《資治通鑒》。這一遍，漸漸不再在意那些漁父重點提示的帝王術，而是越來越貪看這麼多生死糾纏裏面的荷爾蒙和人性。我時常想起屈原的句子，比如「惟草木之零落兮，恐美人之遲暮」。在和世界產生巨大矛盾時，我越來越認同屈原的做法，保有精神和肉體的潔癖，不管時俗，不管當天的天氣，不再給傻逼們任何時間，不再把慾望推給明天，帶一具自己的肉身、一本古老的詩、一瓶飽滿的酒、一瓶遙遠的香水，找一小時、一天、一週、一月的時間，找一條河、一個湖、一段公路、一座山，用詩罩心，用酒罩頭，用香水罩身，暫時不在如同死。

星空之下，時間之外。到哪裏去？從哪裏來？一切必失，只有自在。

女神應無恙

　　約兩千二百年前，樂師李延年給漢武帝劉徹唱了一首〈北方有佳人〉：

　　　　北方有佳人，
　　　　絕世而獨立。
　　　　一顧傾人城，
　　　　再顧傾人國。
　　　　寧不知傾城與傾國？
　　　　佳人難再得。

　　約兩千二百年後，我上中學，第一次在《漢書》裏讀到這首詩，不知道當時唱得咋樣，但是覺着寫得是真好。有些事兒和人，給我純粹而毀滅性的烙印，完全沒有太多的道理。這首古詩，沒有一個難字，沒有一點難懂，第一次讀就覺得是首好詩，如今在我心目中還是排在前十位的好詩。中學的時候，為了追求「第一、唯一、最」，還是把中文第一部詩歌集《詩經》當作詩歌的極致。而這首〈北方有佳人〉沒用《詩經》的賦比興，也

達到了《詩經》中最好的那些詩的牛逼等級。沒用賦，沒用很多形容詞去直接描述女神的頭髮啊，皮膚啊，腰身啊，也沒用比，沒「手如柔荑，膚如凝脂」這類聽上去挺美、細思恐極的比喻，也沒用興，沒「關關雎鳩，在河之洲。窈窕淑女，君子好逑」，而是直接說天時地利人和——北方，美人，秒殺其他、一時無二，然後直接從直男的視角說讓直男內心造成的現實扭曲場：瞟一眼，城毀了，瞟一眼，國毀了，不是不知道家國飄搖，女神難再找。

　　第一次讀到這首詩的時候，我還沒遇見我生命中的那些女神。北京下雨或者下雪的時候，我就坐在窗邊，我一邊默默背誦這首詩，一邊碎碎念：真有這樣的女神嗎？我要如何找到她？找到她之後和她說甚麼？男的那麼多，即使找到了女神，憑甚麼女神看上我？是不是要按詩裏暗示的，我要先有個城可以被毀、先有個國可以被毀，女神才會看上我？如果女神只是在意傾城和傾國，那她是不是一個心理變態的滅絕師太啊？女神看上我之後，跟我回到住處，我是把她供起來，每天茶、花、香，還是每天大酒肥肉、酒肉後摸摸？女神的神力通常能持續多久？這麼過一陣，女神不神了怎麼辦？還有啊，在男人的一生中，女神是只有一個嗎？如果出現了一個女神小縱隊怎麼辦？如果換位思考，女神她想要的是甚麼樣的生活？女神知道她擁有的神力嗎？女神知道如何運用她的神力嗎？女神的結局都是怎樣的？女神的神力會

遺傳嗎？

後來，在毫無防備的狀態下，發生了一個極小概率事件，我遇上了我的第一個女神，又發生了一個更小概率，這個女神似乎也不煩我。我明白了，李延年說的都是真的，古人誠不欺我，世間和人心中有唯一的真神存在，如果我當時有個城池、有個國家，如果我女神想毀着玩兒，我不會有一絲猶豫。再後來，也是在毫無防備的狀態下，我遇上了我其他女神，心裏的城堡毀了又建，神明裏的王國建了又毀，佛陀誠不欺我，世間和人心中真的有輪迴，沒有智慧，就會常駐輪迴。

我問過我第一個女神，為甚麼離開？「我要是知道就好了。」

為甚麼離開？「我不知道在一起的日常會是怎麼樣。」

為甚麼離開？「我知道你還會有別的女神。」

「人為甚麼不能有多個女神？」「如果能很舒服地想着你有我之外的女神們，那還是愛嗎？」

據說，李延年唱這首〈北方有佳人〉是為了和劉徹顯擺他妹。據說，劉徹迷上了這首〈北方有佳人〉，反覆追問這樣的女神哪裏有。遠在天邊，近在眼前，李延年就有這樣一個妹妹。據說，後來，劉徹迷上了李延年的妹妹，李妹妹成了他的女神。再後來，李妹妹死了，劉徹還作了一首〈落葉哀蟬曲〉：

羅袂兮無聲，

玉墀兮塵生。

虛房冷而寂寞，

落葉依於重扃。

望彼美之女兮，

安得感余心之未寧？

再後來，這首詩被美國詩人埃茲拉‧龐德（Ezra Pound）用馮唐的方式翻譯成一首叫〈劉徹〉的詩，在美國人民中口耳相傳。

Liu Ch'e

The rustling of the silk is discontinued,

Dust drifts over the court-yard,

There is no sound of foot-fall, and the leaves

Scurry into heaps and lie still,

And she the rejoicer of the heart is beneath them:

A wet leaf that clings to the threshold.

如果真的、真的
只能帶一口箱子

　　1998 年的夏天，我醫學院畢業，第一次坐飛機，從北京經停舊金山飛亞特蘭大，我帶了一口大箱子。這口箱子不僅沒有四個輪子，一個輪子都沒有，移動起來全靠兩膀子的力氣。箱子很沉，我堅持要帶書和方便麵，在我熟悉商學院圖書館之前，我怕沒書會悶死，在我的胃能忍受長期漢堡包之前，我怕沒方便麵會餓死。除了書和方便麵之外，我老媽堅持要我帶一口大鐵鍋，說，有確鑿消息，同樣這口大鐵鍋，在北京賣 30 塊人民幣，在美國賣 30 美金，按當時的匯率，相當於 300 塊人民幣，只要帶過去，就是佔了大便宜。我那時候剛剛畢業，商業素養和社會見識還淺，沒反駁我老媽，默默讓鐵鍋佔據了箱子一大半的空間，鐵鍋裏面和周圍盡量碼滿了書和內褲。現在想來，考慮到路途遙遙和貨值渺小，就算那時候再窮，就算這口鍋在美國能賣一百倍的價錢，也不該帶。其實，如果當時我老媽真不顧忌我肉身的安危，也應該把她私藏的青銅饕餮紋尊或者后母戊大方鼎讓我打包帶走。

從這口鐵鍋受益最大的是我室友 Igor，一個馬其頓的前特種兵。我到美國住處的第一個夜晚，他幫我把這口大箱子拎到山坡上的住處，輕盈得彷彿拎一隻剛死的山雞。我用這口鐵鍋炒我唯一會的中國菜——醋熘土豆絲。每次我炒了想慢慢吃一週的量，Igor 都一頓吃光，每個週六他都去買很多土豆和一瓶龍門米醋，洗好那口大鐵鍋，然後眼巴巴地看着我。

從那以後的十八年，直到最近，我一直過着居無定所的日子。在美國兩年搬了四次住處，在北京和香港十四年搬了七次住處。到了 2011 年前後，出於工作原因，長期奔走於四個城市，住處變成了四個。2015 年下半年，決定搬回出生地北京廣渠門外垂楊柳，打算後半生就耗在這兒了。有確鑿科學證據表明，後半生在自己非常熟悉的環境和器物中生活，可以有效延緩老年癡呆症的發生。我前半生有時候過份刻薄，特別是在 35 歲之前血氣方剛的時候，我確信有不少人等待着我變得呆傻癡懵的那一天，我不想他們過早地體會這種快樂。

各種身外之物從十個住處和辦公室陸續裝箱運回。北京、香港、深圳、昆明的四個住處和辦公室，加上北京爸媽住處（存了一些醫學院時候的東西）和美國，一共十個地方，一共三百多個箱子。這些箱子堆到我要終老的住處，四面、各處、到處，都是。

我站在屋子裏僅存的一塊稍大的空地上，四望，感覺非常複雜，彷彿面對一具恐龍骸骨、一座隋唐古墓、

呼嘯而過的自己的上半生。這三百多個箱子，開包、收拾、整理、歸位、上架、丟棄、銷毀，是個漫長的過程。從 2015 年下半年到 2016 年上半年，我在北京能擠出來獨處的時間再被分為兩半，天氣好時的一半去護城河邊跑步，抵抗比感冒更經常到來的抑鬱，霧霾時的一半就躲在住處收拾東西。

扔了一半衣服，還是剩下那麼多的西裝、襯衫、領帶、牛仔褲、T 恤衫、衝鋒衣、皮衣、羽絨服擠在衣帽間裏。我想，既然這麼多衣服這麼長時間沒碰，估計將來碰的機會也不多，如果不是因為喜新厭舊和臭美（號稱以購買的方式向設計師致敬），在死前可以一件衣服也不買。

VCR、DVD、CD，都扔了，反正付很少的錢，網上都有。

紙質照片，基本都扔了，個別覺得有意思的，掃描之後，扔了。

各種文件的工作稿，基本都扔了。本來就剩下不多，一直的工作習慣是自己不留文件。

各種會議紀念品、工藝品，都扔了，做這類東西的人實在是浪費人類資源。

書是最讓我糾結的，總覺得基因決定了，我最大的快樂還是讀書，估計到了 60 歲之後，觸摸紙書的快樂將會大於觸摸婦女。還是扔了一些書，有些書速朽，現在就可以確定它們毫無價值。不少書是作者的簽名版，

有幾個作者已經病故了，其中一本書上寫着：「欠你稿費 450 元，下次充酒錢。」這個作者三年前胃癌擴散死了。看着滿書架子的書，我算了一下我的讀書速度，就算我馬上辭去一切正經工作、停下一切不正經項目，我在我的餘生裏已經讀不完這些書了。有些我想讀的書，我的雙手已經不可能在它們還有生命的時候觸摸了。

遊戲光碟、硬盤、自己平均使用過兩年的各代手提電腦都留着。我還是幻想，有一天，我能像我唯一的外甥一樣沉迷遊戲，不問世事。硬盤裏還有足夠的東瀛愛情動作片，儘管像素不高，但是我眼也花了。如果盤點東瀛對人類最偉大的三大貢獻，愛情動作片和方便麵一定名列其中。

沙發之類的軟傢具都扔了，硬木明式傢具都留着。早期買的這些或古董或新造的硬木明式傢具都漲錢了，相當於免費用了十多年。

收到的手寫的信都留着，反正不多，一個小小的紙箱子就夠用了，小得彷彿一個骨灰盒。我偏執地認為，手寫的信比 E-mail 包含更多信息。

古董都放進了保險櫃和保險屋。我一直不太相信人民幣現金，有點錢就換成了古玉和古瓷。不少古董都記不得從誰那裏甚麼時候以甚麼價格買的了，我覺得我對不起它們，心中暗暗發誓，有生之年要好好端詳、把玩、描述它們。

茶都留着。茶陳足夠久，都變普洱了，都不難喝。

酒都留着，我知道它們很快會被喝光。45歲後激素下降，又見多了是非成敗轉頭空，就靠跑步和酒精維持適度的幸福感了。

收拾到80%左右的一天，突然斷電了，北京8月，我的汗很快濕透。我站在屋子當中，忽然想，「人生天地間，忽如遠行客」，如果真的、真的只能帶一口箱子，這一屋子東西裏，我挑甚麼帶走呢？

這種可能真的、真的存在：地震了，厭倦了，被逐了，戰亂了，空氣、水和網絡通暢差到明確影響身心健康了。

儘管我是出差專業戶，五分鐘裝箱出門，這次我認真思考了很久，如果真的、真的只能帶一口箱子，那種能帶上飛機的隨身四輪拉桿箱子，我帶甚麼？答案如下：

一衣：一條牛仔褲、一件圓領衫、一件羊絨衫、一件帶帽子的薄羽絨服、一條又厚又大的羊絨圍巾、一雙跑鞋。

一書：還是貪婪，就帶一個Kindle吧，儘管摸着不如紙書舒服，但是裝的書多。我想再帶幾封過去的老情人的信，帶一兩種宋代字帖，蔡襄的或者米芾的，如果只能挑一種，那就米芾的，他更自然囂張。字帖裏面的信息比簡單的印刷體多多了。

一茶：帶一餅好的古樹生普，經泡，二十泡之後還是微甜的。帶個口徑大些的北宋建盞，十四五公分，可以喝茶、喝酒，還可以當飯缽。一個小號的保溫杯。

一玉：帶一個玉質好的龍山文化期的小琮吧。蒼璧

禮天，黃琮禮地，小琮壯陽。而且，對於我來説，古玉越來越從藝術品變成了必需品，在床上摸着舒服，摸着才能安穩睡去，在書桌上，還可以當筆筒，放幾枝筆，還可以當花瓶，插一枝花。

一酒：帶那瓶 1989 年的奧比昂吧。一個曾經恨我的人送過我一瓶，還貼了一張小條：「聽説，這是一瓶很好的酒，你喝了這瓶酒就可以去死了。」其實，Robert Parker（羅伯特‧派克）的原話是，這是一瓶能讓你喝了死而無憾的酒。

一木：帶我太姥姥留下的那串紫檀念珠吧，在那個平行時空裏，祖先會思念他們在地球時候的物件，會保佑珍視那些物件的後人。

一香：帶點沉香木吧，水土不服的時候，心神煩躁的時候，熏一點，有滿足感。

一器：帶一枝好用的鋼筆，一枝不太容易磨損的便攜毛筆，一個不洇墨的記事本，一個有東瀛愛情動作片精選的硬盤，一台鍵盤好使的電腦。在百無聊賴的時候，自己寫故事給自己看，自己寫詩感動自己。

我挑得對嗎？

想對女性說的話

　　每晚享受的睡前時光就是看着書直到睡眼惺忪沉沉
睡去。可是午夜夢回被架在床頭 Kindle 出現的黑色人頭
嚇醒，發現是它的關機廣告「82 年某某某」。

　　這個社會養活了很多社會學家、雞湯作家、喪文化。
這些研究社會的結論和我個人的常識嚴重不符。比如，
社會學家的統計說男性數量遠遠多於女性，這個勢頭惡
化下去，將和貧富分化以及城鄉差異一起構成將來社會
最大的三個不穩定因素，陰陽不調，男性被憋瘋了之
後，成了社會不穩定因素。環顧周圍，我看到的好看的
女性遠遠多於男性。看到的無論哪個年齡的女性多數是
好腿好腰好臀好臉蛋好頭髮好肉身，不上妝，遠看近看
都好。所以我更不明白在 21 世紀的第二個十年的最後
一年，為甚麼還有人在告訴這些女性人生是無法逃脫的
困局？

　　幾十年前，大家還在討論中國男性喜歡男上女下，
老婆最好比他差，所以 A 男娶 B 女，B 男娶 C 女，C 男
娶 D 女，A 女一不留神就成了剩女。聽說中國未婚大
齡文藝女青年基本落入四種結局：孤寡、後媽、拉拉、

出家。

在相對有限的資源中，如果由經濟學中的供給來決定分配權，那麼就會造成雙方力量的不對等。這種強弱關係就會造成強者越強，弱者越弱。在婚嫁社會如果把A男放在市場供給的頂端，A男掌握的資源越多就越會造成女性永遠的競爭弱勢。

倘若我是女性，追求破局希望更美滿的結局，我和經濟學家帕累托的觀點一樣，就是重新分配資源的同時不去進行弱勢競爭。

第一，小宇宙強大高於一切。

世界觀沒有對錯，但是有差異。人生觀沒有好壞，但是有的強大，有的弱小。沒有被說服，堅持到最後，世界和人生就是你的。強大的小宇宙邏輯嚴謹、論據充分，在別人眼裏，在風雨裏，獨自混蛋着，簡單牛逼着。堅持自己的底線，無論長輩、上司、好友還是整個社會企圖利用你的女性本能讓你服從容忍和奉獻於他們的愚蠢理論。不要覺得他們會感謝，相反他們會利用你的責任心、負罪感來達到目的的原因就是覺得理所當然。不要像82年的某某一樣軟弱，你的自由意願高於一切。如果有人對你說：「去懷孕吧，我會幫你的；去辭職吧，我會養你。」回答他們：「只有我是自由的時候，我才有足夠的能力來幫助自己和身邊的人。不要以甚麼我是女人或者到年齡了這樣的話來作為請求我幫助的理由。

如果需要我的幫助，找點更好的理由。」當然也可以直接説「滾」。

第二，保持身心自由才能自己掌握市場資源。

永遠記得不要被市場吹捧的慾望所左右。所有的包和所有的口紅都比不過自由。太多的慾望是枷鎖。只要有足夠的錢滿足自己的衣食住行，有足夠的錢給自己買花戴，買春天新上市的長長的裙子穿就不要被他人左右了慾望。

第三，身體健康。

不能吃口冰激凌就胃痛，氣壓一低就頭暈，看見月亮就傷心。身體一不好就容易脆弱，就容易渴望一個肩膀靠着慢慢讓頭不暈，一隻男性的手握着自己的手慢慢讓胃痛過去。為了這種虛無的渴望，女生常常幹出令自己頭髮上指的蠢事。

第四，有個半專業的愛好。

哪怕是去倫敦星相學院學占星，哪怕是醉心公益，哪怕是熱愛《植物大戰殭屍》。用愛好轉移注意力。用體力運動代替腦力運動，讓大腦徹底休息，跑十公里步、游兩公里泳、談一頓飯的戀愛、看半小時東瀛成人動作片。

第五，有三五個小宇宙類似的閨密。

類似的小宇宙在一起，一加一遠遠大於二，共同抵禦生命中的邪風妖氣。

第六，遠離老男人，尤其是我這樣的中年油膩男。

他們四十年前就開始就着北京白牌啤酒看春山春水春花，抱吉他，抱姑娘，抱《朦朧詩選》。他們像《西遊記》裏的老妖，肺腑裏吐出的舍利球常常能熨平皺紋，撫慰心靈。他們依然活在 20 世紀 A 男為天的虛幻中。他們怎麼能入你的眼呢？

錦囊之外的超級錦囊是：如果真的不想嫁，就別嫁了。男生是比女生低很多的物種，二貨、傻逼居多。絕經之後，退休之後，與剩下的閨密和老男人結成社會主義互助組，一起補鈣、飲酒、扯淡、旅行、泡澡、混吃等死，不知老之將至。

甚麼是風骨？

　　傳説中，一千五百多年前，劉義慶編了一本《世説新語》，初讀似乎契合儒教，分三十六篇，前四篇就是〈德行〉〈言語〉〈政事〉〈文學〉，也就是所謂的孔門四科。再讀、三讀，和禮教相反，和後世很多歪斜的碼字人一樣，正經之後，他嘮叨的就是酒話、閒話、胡話，既然改變不了現世，那就鬱積在心裏，在心裏鬱積久了再被酒勾，春花開呀開，落了一地紅粉、一地瓔珞，秋風吹呀吹，剩下啥，啥就可能不朽。劉義慶在《世説新語》裏記錄詭異，留存細節，排列類似，自己躲在其他人後面，小心謹慎，不下結論。

　　我在麥肯錫工作多年，一直被訓練總結和歸納的能力，必須在有限的兩三個月內做出結論，必須在更有限的三分鐘內表達清楚。數據、案例、訪談記錄等紛繁複雜的信息注入腦子，腦子就是廚房裏的鐵鍋，煎炒烹炸，得出三到九點結論。各點結論之間，必須做到不重、不漏，最好能説得水晶般清澈，最好能有一兩點是常人想不到的真知灼見。每天犧牲睡眠，十年磨一劍，我漸漸習慣了這種表達的方式，一二三，一二三，講話常常只

説三點，絕不多於九點，人送外號「馮三點」。這種技能逐漸養成之後，總被人要求總結歸納一些非常難以總結歸納的東西，就像我手勁兒大，牙口好，所以常常被人央求徒手開罐頭、槽牙碎核桃。

這次有師弟讓我總結歸納，甚麼是風骨？

他的疑問也是我的疑問。「有時候總覺得有些人傻逼，但是又説不清為甚麼。有時候總覺得有些牛人，似乎做得很出格，但是還是牛，也説不清為甚麼。傻逼和牛人在紙面上的界定是如此不清，但是在現實中確實一眼就能分開，這是為甚麼？如果時間足夠長，一些傻逼裝牛逼的努力絕大多數以二告終，老天似乎從來不開眼、不留情。」

想來想去，還是認為，這些不解的核心是做這些事兒的人是否有風骨。

我想到的第一本參考書是劉義慶編的《世説新語》，印象裏似乎頁頁是風骨，但是打開細看章節，三十六篇裏沒有一篇叫〈風骨〉，所以只好勉強總結歸納。

第一，風骨是正覺。

能看清事物的本質，不為幻象和噪音所迷惑，知道哪些是金子，哪些是屎。東漢末年，董卓想隨便玩，袁紹反對，董卓按劍罵：「小王八蛋，你敢！天下之事，豈不在我？我欲為之，誰敢不從？你以為董卓的刀不夠快嗎？」袁紹梗着脖子回答：「天下健者豈惟董公？」

然後橫佩刀而去。儘管後來天下也不是董卓的，也不是袁紹的，但是那時候袁紹還是比董卓更明白，儘管你刀快，然而事兒還沒完。清朝末年，辜鴻銘參加宴會，權貴雲集，外國記者問：「您覺得中國如何補救？」辜答：「把在座的拉出去槍決掉。」2015年晚秋，我和我老媽散步，柿子摔下來，一地惡心。老媽説：「你如果成比例地從高處摔下來，比這還惡心很多。」

第二，風骨是敢真。

直面自己的內心和肉身，客觀坦然，不憚於承認技不如人，也不憚於自認天下第一，彷彿一隻誠實的阿爾法狗，「敬饒天下兩子」。不怕暴露甚至縱容自己的癖好和弱點，不管世人説三道四、口誅筆伐。《世説新語》裏，阮籍鄰家酒館的老闆娘很美麗，阮籍常常去她那裏喝酒，喝多了就在她身旁睡倒，始終屁也沒幹。周作人嘆了一口氣：「我在北京徬徨了十年，終未曾吃到好點心。」梁啟超形容自己學習能力強悍，「點起一盞油燈，日文就會了」。郭沫若形容自己學習能力強悍，「一個星期學會了甲骨文」。雖千萬人不同意，但我還是堅信，《不二》寫得比《肉蒲團》好。

第三，風骨是知止。

面對人性編碼中無盡的黑暗和自己的執迷，哪怕千萬人都會從這裏掉下去，「安禪制毒龍」，按住肉身裏

的大毛怪，牽回草地裏的牛，就是不掉下去。魯迅在遺囑裏説：「孩子長大，倘無才能，可尋點小事情過活，萬不可去做空頭文學家或美術家。」劉文典講莊子，開章明義：「《莊子》嘛，我是不懂的嘍，也沒有人懂。」孔祥熙請潘光旦調查家譜證明他是孔子後人。潘光旦説：「山西沒有一家是孔子之後。」孔子説：「天下有道，丘不與易也。」各人有各人的好處，我敝帚自珍。

　　如果以上三點非要歸納為一點，那就只保留底褲，所謂風骨，就是人類作為人類該有的樣子，哪怕現世千萬人都不這麼認為。

非常難聽、非常深情

曉明今天來我辦公室看我。

好久沒見，他微微胖了些，還是那麼白、那麼俊朗、那麼萌。請他吃了我寫字樓裏他家鄉的台州菜小海鮮，三盤菜他都吃光了。吃飯的時候，他給了我一張新的名片，正反兩面、藍白相間，還好，還有些留白，沒把全部的名頭都印上。我問他一盤小魚的名字，他說了三個名字，我記住了一個，魚豆腐。他笑起來還是少年時代的樣子，一副「我拚命學壞也學不壞」的好孩子樣子。

我知道他已經是中國著名的婦產科大夫，我知道他創立的中國婦產科網已經運行十幾年，集中了中國九成以上的婦產科醫生，福澤很多人，我還是反覆想起他給我看工資條的樣子。

那個工資條是一卷極窄，但是極長的打印小條，似乎是個微縮版的手卷，又似乎是個地下工作者的記錄，慢慢展開，是各種科目細小、金額細小的收入明細：洗頭費、洗澡費、置裝費、防暑降溫費、公交補助、大齡未婚補助等等。我記得他苦笑一下，說，工資真是這麼少，問我：「即使工資這麼少，我沒拿過一個紅包，

你信嗎？」我想都沒想，說：「我信。」我當時心裏想的是，這個工資條侮辱了他，如果有機會，我想聯合一切可以聯合的力量，讓這種工資條在從事醫療救護的師兄師弟師姐師妹的生活中消失。多年以後再見到他，他也離開了公立醫院的體系，成為沃醫婦產名醫集團的創始人。他說他要改變醫療，讓周圍的世界更美好一點。

這次來訪，曉明還帶了兩個攝像來，問了我好些關於婦產科的問題。好久沒人問我婦產科的問題了，這些問題讓我想起了以前的一些事情。我忽然意識到，我也曾經有機會成為一個很好的婦產科大夫或者生物醫學科學家啊。

曉明和我從 1990 年到 1993 年同室而居，先是在信陽軍訓，然後在北大生物系上醫學預科。他的家鄉浙江黃岩盛產橘子，每次從家鄉回來，他都帶兩箱甜極了的橘子。把箱子放在宿舍窗戶的護欄上，室外冷，希望多放一陣，告誡室友，不要偷吃。其實，橘子腐朽的速度遠遠比不上我這樣的室友偷吃的速度。他問我們橘子去哪裏了，我們告訴他，爛了，扔了。其實，都沒浪費，都扔我們肚子裏了。

後來回到協和在東單的本部，曉明和我不在一個宿舍了，但是還在同一個宿舍樓的同一層。他香菜過敏，視香菜如同洪水猛獸。好幾次，曉明晚自習之後餓了煮麵，煮好方便麵、放好從黃岩家鄉帶來的紫菜絲和小蝦

皮、去廁所洗洗手準備美餐一頓，我聞到香味趕來，就往面鍋裏放一些香菜。然後他洗手回來了，我就在他的咒罵聲中，吃掉那一小鍋美味的方便麵。

曉明還有一些美麗的高中女同學，她們時常給他寄照片。有個女同學叫安娜，不是藝名，是本名，字跡娟秀，照片上人也美，一看就是在山清水秀的地方吃很多活魚長大的。曉明反覆讀她的信，反覆吟唱費翔的一首歌曲：「安娜，每次我都會這樣呼喚你，每次這樣呼喚你，愛的季節我們相遇，你沒有介紹自己，要我猜猜你的名字，我說這是一個難題。」他唱得非常難聽、非常深情。

從年輕的時候，曉明就非常有正義感。有一次我女友拉我在北大二十八樓西側的一棵大槐樹下暢談人生之後，他嚴肅地和我女友說：「以後請你不要這麼做了，一夜不睡，馮唐很難受，要好幾天才能緩過來。馮唐是要為人類做出貢獻的，以後請你不要這麼做了。」一夜不睡的我的確很難受，的確加深了我對愛情的恐懼感和荒謬感，但是我更不清楚為甚麼我要為人類做出貢獻以及我能為人類做出甚麼貢獻。

採訪的最後，曉明問我是否還記得畢業論文的題目。我說，燒成灰我都記得：〈表皮生長因子–表皮生長因子受體 -c-myc 信號傳遞通路在卵巢癌中的存在及其與DNA 合成、細胞凋亡及其預後的關係〉。

這個題目就是現在說出來，都很酷的樣子。二十年

後，曉明讓我忽然意識到：二十年前，我似乎有機會成為一個好婦產科大夫或者好科學家。

但是這一切都太晚了。

如初吻，如初夜，
如倉頡在造字時

　　很早知道傅山書出顏真卿，強調「寧拙毋巧，寧醜毋媚，寧支離毋輕滑，寧直率毋安排」。後來知道他是個醫生，尤精於婦科，著有《傅氏女科》。我 10 歲前臨過三年多顏真卿，後來學了八年醫學，最近閒翻書，翻到他的如下字句，想到很多，想和他聊聊。

　　「舊見猛參將標告示日子『初六』，奇奧不可言。嘗心擬之，如才有字時。又見學童初寫仿時，都不成字，中而忽出奇古，令人不可合，亦不可拆，顛倒疏密，不可思議。才知我輩作字，鄙陋捏捉，安足語字中之天！此天不可有意遇之，或大醉後，無筆無紙復無字，當或遇之。」

　　在我的心目中，如果把發明定義為無中生有，文字是有史以來人類最偉大的發明，沒有之一。沒有文字的文化似乎是很容易消亡的文化，很難演進成王朝。中國人用玉的歷史遠遠長於用文字的歷史，古玉和古瓷上如果刻有文字，價值高於同類型沒有刻字的幾倍到幾十倍（儘管我痛恨乾隆安排造辦處在古玉上刻字）。帶三

種文字的埃及羅塞塔石碑是大英博物館的鎮館之寶，帶四百九十九字的西周毛公鼎是台北「故宮博物院」的鎮館之寶。

在我的心目中，手寫漢字是中國人最優美的藝術，至少是之一。和印刷字、美術字、電腦設計的藝術字相比，手寫字有無法比擬的溫暖、自然、動人。簡單的幾個手寫字就可能包含了巨大的信息量：誰寫的？甚麼時候寫的？甚麼心情寫的？那時的天氣如何？洗手了嗎？喝酒了嗎？吃飽了嗎？性交之前還是之後？手上、腕上、臂上哪塊肌肉用得更多？

我一直積攢簽名書，也一直在收集我心目中文學英雄的手寫字，我總覺着，除了他們文字的內容之外，他們的手寫字能給我巨大的信息和能量，穿越時空，擊打心胸。可惜的是，我這些文學英雄的手寫字早已很貴，唐宋八大家的尺牘信札動輒上億，魯迅等民國人物的動輒上百萬，儘管貴得有道理，但是已經貴到我買不起了。

聽説日本還保留着中國科舉時代的傳統，面試時要求手寫一段文字。在現世，一個人的臉可以被整形或者微整形，可以被化妝術變得很美，一個人的照片可以被PS或者被美圖秀秀，但是，即使在現世，一個人現場寫的手寫字很難撒謊，比星座、血型、生辰八字更能揭示一個人真實的三觀和做人做事的風格。簡單的白紙黑字如果美起來，能讓人想到世間最優美的事物：流水、行雲、流星、飛鳥、春風、秋光、微醺、慢吻、蘭花、長髮。

我完全沒仔細研讀過書法理論，在讀到傅山的這段文字之前，我一直怕露怯，怕行家嘲笑我的審美品位，一直不敢公開心中一個長久的疑問：為甚麼至美的漢字書法常常不是書法家寫出來的？

　　讓我動心的至美書法常常在如下的角落裏出現：在日本清酒的瓶子上，「國士」「李白」「獺祭」「十四代」「夢正夢」「美少年」；在一些古人爛醉之後，一休和尚的「美人陰有水仙花香」、王羲之的「痛貫心肝」、蘇東坡的「死灰吹不起」；在偏遠的摩崖上，「即心即佛」「鶴室」「魏故征虜將軍」；在如今的路邊，「補胎打氣」「停車住宿」「私造槍支是違法的」；在《資治通鑒》的工作稿；在抄經人趕時間的經書上；在精神病人的手寫日記裏；在秦朝統一文字前的六國印信裏；在統一之後漢代私搭亂建的住房的瓦當上；在中藥櫃子上，「通草」「紫菀」「葛根」「蓮子心」。

　　我不是書法理論家，沒有能力也沒有責任探討為甚麼會這樣。10 歲之後，我一直拿個硬筆在本子上記筆記、寫訪談紀要、畫 PPT 草稿，全然忘了自己還臨過三年多的法帖。40 歲之後，反正自己寫的書上要自己簽名，我還是拿起筆來就寫吧，管它硬筆、軟筆。寫時凝心，看者舒心，就好了。

　　每次拿起筆來，無門無派、無古無今、無法無天，如才有字時，如自己如倉頡在造字時，如初相見，如初吻，如初夜，如太初。

自己的事情自己做

不给别人添麻烦

出走半生，重新進入我的城

　　似乎每個行當都有自己的獨門工具，醫療的聽診器、投行的 HP 12c 計算器、諮詢的 PPT，寫作也不例外。二十多年寫作下來，我心目中作家的三大神器是：睡袍，初戀，故鄉。寫作需要保持身體溫暖並放鬆，這樣靈魂進出肉身才能從容，文字從指間流出才能自如。一件乾淨、破舊、厚實的睡袍是必備，最好再加一雙厚的襪子和拖鞋。寫作難免需要從回憶中提取超出尋常精度的生命細節，有個刻骨銘心的初戀可以明顯提升提取的速度和準確度。寫作需要有深度和廣度的生活，如果深度和廣度不得不取其一，選擇深度。深度的生活離不開一個故鄉，一個好的作家對於他的故鄉恨之入骨、愛之入骨，比任何其他人都更加了解故鄉的每一寸肌膚和每一個孔洞。

　　對於我來說，狹義的故鄉是垂楊柳的方圓五里，廣義的故鄉是整個北京城。2016 年我重新搬回北京垂楊柳，開始我的後半生。聽某個流派的科學家說，早些回到前半生最熟悉的環境裏，舊時風物頻繁刺激記憶，在很大程度上能緩解阿爾茨海默病的到來。在二十多年的

寫作過程中，我在有意無意中得罪了很多人，人數很可能到了千萬級，我想晚點兒變傻，不讓這些人看笑話。

重新進入京城，重新用眼耳鼻舌身意去體會故鄉，有很多地方依舊粗鄙不堪，但是有些地方依舊明艷絕倫。從這些地方選我心目中的燕京八景，在我的下半生，在霧霾還適合人類活動的那些天裏，我就去逛逛。

一、三里屯。

在三里屯附近上了六年中學，那時的三里屯幾乎沒有酒吧。現在的三里屯擁擠、凌亂、骯髒、嘈雜，但是豐富、新鮮、旺盛、混沌，有萬物之初的歡實勁兒，有太古做的 Village，有工體，有大董的旗艦店，有我師妹開的 Bubble Bar，有獨一無二的雪崴天婦羅。

二、第二使館區。

三里屯北小街，聚集了很多洋人使館，所以洋氣。現在比以前多了高高的鐵柵欄，把各個使館都圍了起來，但是過了這麼多年，鐵柵欄裏面各式各樣的建築還是很好看。很多樹，小窄的路，沒高樓，是北京最像上海的地方。

三、草場地。

現在的草場地幾乎已經沒有蓋新房的地兒了，路更窄、更亂、更沒方向感，但還是很藝術，還沒有像 798

一樣全面媚俗，還有足夠的怪咖聚居在一起創造這個世界上從來沒有過的無用之物。

四、北京大學。

北大有世界上最美校園（沒有「之一」）。過去二百年來，北方非皇家園林被戰亂、天災、人禍毀壞殆盡，北大未名湖一帶幾乎是最後的遺存。我更喜歡未名湖西北那一群無名池塘，深秋的時候有天下最美的殘荷。現在建了不少房子，包括斯坦福中心，北方那種蕭瑟之美少了很多。燕南園變化很小，還是我心目中最像教授居住的地方：幾乎全是獨棟的小房子，幾乎沒有任何商業建築，很多不整齊的樹，很多野貓。

五、頤和園。

如果在非節假日一開門就進園，沿着圍牆內側跑最大的圈，那個圈是世界上最美的 10 公里。再走走西堤，那是世界上最美的四五公里。運氣好的時候，天兒是接近於無限透明的藍，西山層疊，佛塔遙立，一線堤岸，兩面平湖，比蘇堤更爽清。因為乾隆仿蘇堤修了西堤，我在心裏幾乎原諒了他對於中國古器物做的所有破壞。

六、故宮博物院。

一個城市靈魂的高度體現在它的博物館。從這個維度看，上海、香港、深圳、廣州還不是世界級的超一線

城市。從這個維度看，世界級的超一線城市是東京、紐約、巴黎、倫敦、北京，北京有故宮。繞着宮牆走一圈，那是世界上第二美的四五公里，TRB 靠窗的那個能看見筒子河和東華門的二人台很讚。

七、後海。

我對於北京城最大的一個妄念是西海、後海、前海、北海、中南海連成一片，形成一個沒有圍牆的巨大的中央公園。水系周圍是連續不斷的跑步徑和自行車徑，行人不會被任何車輛打擾，沒有任何一個房子阻斷公共道路、獨佔一段湖景。第二大的妄念是全面恢復護城河水系，從 CBD 核心區可以坐船去頤和園。第三大的妄念是恢復全部城牆和城門，如果實現，那將是世界上最獨特的馬拉松線路之一。

八、東單三條九號院。

今年協和醫學院建院一百年，九號院是協和醫學院的校址。我生長在一個宗教意識淡漠的環境，九號院就是我心裏最接近於廟宇的地方，集中了關於生死、古今、中外的很多智慧。我任何時候去，在漢白玉台階上坐坐，發發呆，都能汲取到巨大的精神力量。

寫到這裏，八個名額已滿，我似乎還有好幾個大愛的地方沒有列出來，比如琉璃廠舊書店、華威橋周邊的

古玩城、鼓樓東大街、也挺洋氣的麗都、很多古樹的天壇、野長城、八大處和其他一些郊區的寺廟，比如自己的住處、住處裏面的書房。

　　最後需要強調的是，最好的風景還是人，對於我來說，北京城最美好的還是那些介於神經和神奇之間的大神兒朋友。

寫給二十年之後的我

　　我有個大我九歲的哥哥，昨天開車離開北京，去海邊了。他恨北京，但是又怕冷，所以冬天像熊一樣宅在北京的暖氣裏，暖氣一停，海棠花一開，他就逃離北京，去山東的海邊殺掉一年裏的其他時間。

　　就像他習慣性地恨北京一樣，他也習慣性地打壓我，在過去的四十年裏，總強調我不如這個人、不如那個人。在世俗的標準裏我似乎比這些人牛了之後，他又會強調一切到最後都是無意義，無論從宇宙還是佛法的角度看，我們都如恆河沙一樣平淡無奇。昨天，我給他餞行，他沒喝酒，平生第一次沒打壓我，說了如下的話：

　　「老弟啊，我不是打擊你啊，其實人和人都差不多，誰能比誰強多少啊？但是，極其個別的人，後天遭遇了絕大多數人沒遭遇的事兒，還萬幸地活了下來，就成了所謂的天才。所以，天才不是天生的，天才是後天的偶然。比如我的一個同學，失手把3歲的兒子從三樓摔了出去，兒子竟然沒死沒傷，之後看甚麼事物都是0和1的組合，後來他兒子就成了頂尖的電腦黑客。我回想你的成長，你5歲那年生了場大病，甲肝、高燒、膽道蛔

蟲劇痛，差點沒死掉，活過來之後，你腦子壞掉了。還有啊，10 歲那年夏天，下雨，你不趕着回家，在槐樹下坐着，看中學的女生放學往家趕，雷劈下來，槐樹死了，你沒死，你腦子進一步壞掉了。所以，從今天起，我承認你與眾不同，是個後天形成的天才。」

我今年的生日很快就要到了，我很快就要 46 歲了。我被我哥哥的話提醒，回看我被雷劈的前半生，我如果在 26 歲時遙想 46 歲，我會如何勾勒這二十年的日子？

我很有可能會留在協和醫院婦產科，每天六點起床，七點查房，九點上手術或者出門診，中午或許能睡一下下，下午再上手術或者泡圖書館，晚飯或許能喝一點酒，酒後想想某個美麗的護士或者某個美麗的病人，某些局部的細節或者整體的感覺，多數時候也就是想想，少數時候想得難受了，就寫寫。我手臂小肌肉群能力出眾，這二十年裏應該做了不少台很好的手術，讓不少婦女延長了生命，但是這些人中的小一半會在手術後的五年內死去，戰勝不了卵巢癌的大數規律。我比較雞賊，這二十年裏應該能選好合適的科研角度，在《中華醫學雜誌》《中華婦產科雜誌》等「中華」系列雜誌上發表二十篇以上的文章，如果運氣好，或許還能有一兩篇發在 Nature 或者 Science 上。在 26 歲之後的二十年裏，我應該可以升教授，但是協和婦產科有六十個比我更資深的教授，所以我沒有一絲可能做婦科主任或者副主任。

實際發生的是，我 27 歲協和醫科大學畢業，馬上

就去美國念商學院了，出來進了麥肯錫，靠想說清楚商業上的複雜問題掙錢吃飯，一幹小十年。後來去了一家央企，先負責戰略，做了六家上市公司的董事，再後來創建了亞洲最大的醫療集團。43 歲後辭職，全職做醫療投資，至今。

這二十年裏，每週八十小時的工作並沒有成功抑制住我的表達慾，壓榨睡眠和假期，週末寫雜文，春節年假寫小說，大酒吐完寫詩歌，大概兩年成一本書，迄今為止，出了六本長篇小說、兩本短篇小說集、三本雜文集、一本創作詩集、一本翻譯詩集。

我哥哥有一次喝多了說：「其實啊，你在文學上的運氣超級好。你看啊，你寫 15 歲到 30 歲的半自傳『北京三部曲』，拍成了影視，很多青春期的學生會讀，很多想了解北京的人會讀。你酒後亂寫的『怪力亂神三部曲』，《不二》成了賣得最好的繁體中文小說，你還沒被佛教徒打死，你真雞賊，你怎麼不寫其他宗教呢。過去十年，你短篇小說也賣了好幾個電影改編權，你雜文集一直就在你瞧不起的機場書店裏賣着，你還創立了超簡詩派，每年一到 3 月，有自來水的地方就有人提到『春風十里不如你』，多少詩人寫了一輩子，一個字也留不下來啊。其實啊，你想想，你還想幹嗎？多壽招辱，你現在死掉，相當完美。」我想了一下，我哥哥說得對，我心目中的文字英雄，多數沒活到我現在這個歲數。卡夫卡，41 歲死了；勞倫斯，45 歲；王小波，45 歲；凱

魯亞克，47 歲；卡佛，50 歲。

　　一個日本朋友送了我一張巨大的紙，紙的大標題是 21 世紀，下面密密麻麻地列了從 2001 年到 2100 年的每一天。他想用這張紙勸我的是，珍惜光陰，努力奮進。我在這張紙的面前站了一陣，我清清楚楚地看到一個事實，在這密密麻麻的日期裏面，必然有一天是我在人世的最後一天。我想到的是：

　　第一，絕不在無聊的人和事兒上浪費時間，哪怕一天。

　　第二，繼續用各種可能的方式推進醫療的進步，緩解人類肉身的苦。

　　第三，呼吸不止，寫作不止，老老實實地放開寫，能寫多少算多少，看看還能寫出多少人性的黑暗與光明，緩解自己和他人內心的苦。

　　第四，少見些人，多讀些書。見人太耗神，做幕前工作我蠢笨如豬，在書裏和寫作裏，我游得像一條魚。

　　活着活着就老了，活着活着就掛了。

　　天亮了，睜開眼，又賺了。

　　希望二十年後能看到你。

PART 5

一個人的
樂園

起居有常
饮食有度
远离妄念

人理解了死亡，就容易三觀正確

—— 答《手稿》雜誌「關於生命、衰亡與死亡的 35 問」

1、認真想過自己可能躺在醫院病床上即將離開人世那幾天的時光嗎？如果讓你現在去想像，你會怎麼描繪呢？

我想過三種情景：中午吃了碗麵，然後午睡，然後就走了，像我老爸一樣；飛機失事或者嚴重車禍，一下子人就沒了；在病床上耗了一陣子，我拒絕插管等一切激進治療，我的麻醉師朋友（我有好幾個麻醉師姐姐）給了我一些藥物，我也偷偷開始用些藥物，有一次我偷偷加大了劑量，我就飛走了。

2、曾經想過自己死後的世界嗎？讓你現在描繪那個世界，你會想到些甚麼呢？

我想到的死後世界是一片空無，就是所謂的寂靜涅槃吧。我想像不出我們死後會是以哪種形式存在以及以哪種規律運轉，但是我不排斥靈魂不死以及可以轉世的可能。如果靈魂真的可以不死，現世似乎更好過一點。

3、「我死了，世界就不存在了。」你聽說過這個命題嗎？你想過這件事嗎？你怎麼理解這句話？

我的理解是：我死之後，我這個肉身就停止了感知，世界是甚麼樣兒以及如何變化，就和我這個肉身無關了，彷彿一朵飄散的雲。

4、你盼望自己會突然死去嗎？比如哪種方式？為甚麼？

我累極了的時候盼望過，但是睡一覺就不這麼想了。如果非要選擇突然死去，我覺得在睡夢中、在大酒後、在性交後，都是不錯的方式。如果在大酒後性交，在性交後睡着，在睡着後死去，挺美好的。

5、你能夠想像那些真的自己主動結束自己生命的人嗎？你覺得他們的舉動在你能夠理解的範圍裏嗎？

我理解。比如肉身非常痛苦，比如生無可戀，比如要長期失去自由，比如飽經世事、無所事事。

6、如果籠罩在必將死亡的想像之下，你會感到生活的內容很無聊嗎？或者會使你產生某種恐懼嗎？

不會啊，我們每個人都會死的，我們一直被天空和死亡籠罩着，不是嗎？即使這樣，生活中還有很多趣味，如同天空下還有很多花朵和笑聲。

7、你有宗教信仰嗎？你認為會有靈魂和來生嗎？

我沒有宗教信仰。我認同原始佛教的基本教義，我認同禪宗的一些修行方式。我傾向於認為會有靈魂和來生，這種傾向性的唯一理由是今生可以因此過得自在一點。

8、你覺得一個相信有來生的人和一個不相信有來生的人，日常生活對他們會有甚麼不同嗎？面臨死亡他們會有不同嗎？

如果這兩個人都是頂級智者，應該沒有不同。否則，相信有來生的人會更從容、善良、敬畏天地一些，無論是日常生活中還是面臨死亡的時候。

9、你有接近過自己死亡的經歷嗎？或者你有甚麼（身邊）他人的死亡，給你帶來巨大觸動或難忘的經歷嗎？

最接近的一次是飛機持續嚴重顛簸，我想我可能不能全身落地了。我父親在 2016 年 11 月 13 日走了，那是第一次有個和我很近的人走了。我第一次深刻地體會到，世界不是不變的，我生活中最重要的構成要素也真是會在我眼前消失。

10、你覺得關於死亡的態度算是一項（不願告人的）隱私嗎？為甚麼？

我覺得我可以和其他人談我的死亡態度，如果別人不想談，我完全理解。

11、你有感覺到自己是在（或即將）衰老中嗎？身體上有甚麼顯著的跡象嗎？

是的。我筋骨開始會莫名其妙地疼痛，遠不如以前好用；我不如以前容易開心或者説更容易感覺厭倦，我覺得好玩兒的人和好看的人越來越少了；我更怕麻煩了；有些事兒徹底忘了；眼睛花了，擺脫戴了三十年的近視鏡；我判斷似乎越來越好了；我似乎沒像以前那樣熱愛婦女了，關於這點，我不完全確定。

12、衰老對於你自己和你周圍的生活來説意味着甚麼呢？最突出的是些甚麼？

我越來越是最後的決策者了，也沒有太多人可以商量或者分擔責任了。衰老意味着我需要更多的來自自身的勇氣。

13、想到自己的衰老和死亡你會煩惱嗎？這種煩惱會是一種越來越明顯持續的情緒嗎？這種情緒會影響到自己的生活嗎？

我還沒有體會到煩惱由於衰老而明顯增加。

14、你認為人是越老越有智慧嗎？包括越老越能看

清世態嗎？越老越有處世之道？還是並不見得？

我認為，如果天生愚鈍、停止學習、停止思考、停止嘗試新鮮事物，智慧和見識不會因為年紀而增長。但是，如果天賦好，一直學習、思考、嘗試新鮮事物，年齡的增長往往會帶來智慧的增長。

15、人類一代代像潮水一樣永久逝去，今天所有活着的人都將逝去，新生靈也在不停地降生，周而復始。你對人類產生過那種充滿虛無的悲觀情懷嗎？

我一直對於人類的未來持悲觀態度，眾生持續沉淪於無明之苦，科技進步讓降維攻擊成為可能。利用人性惡去匯聚能量似乎永遠比激發人性善來得方便。

16、你覺得甚麼是人類歷史？你為人類歷史下一個自己的簡潔定義？

人類歷史就是人類繁衍多年在宇宙間留下的痕跡：文字、藝術、故事、建築等等。

17、你有子女嗎？如果有，以你的洞見，你會對他們有甚麼話最想說？如果沒有子女，你會為此遺憾嗎？為甚麼？

最近才有。最想對他們說的一句話是：沒有任何事兒是必須做的，拿不起，就放下，拿得起，玩一會兒，也要放下。

18、從壯年到衰老，你對食品美味有甚麼變化中的感受和見解嗎？

蔥、蒜還是最美味的，和誰一起吃喝還是最重要的。

19、到了老年，你對性生活有甚麼感悟或不同於壯年時期的新見解嗎？

沒。性生活還是基因編碼作祟，讓人見到無限光明和黑暗，讓人做出很多傻事。

20、你覺得熱衷於「養生」是一種甚麼生命狀態？吃甚麼，喝甚麼，怎麼活動作息，這些事情和生命的自然結果之間關係密切嗎？

養生是貪生怕死的常見表現。其實無非：起居有常，飲食有度，遠離妄念。但是多數人還是拚命尋找其他捷徑，結果吃了很多毒藥、練了很多毒功、信了很多毒教。

21、假如人的生活就是隨着年齡的增長以及個人社會活動的努力逐漸呈現，那你覺得你的現實狀況基本已經完成這種呈現了嗎？或者你的社會角色還會有更多的改變嗎？

一直沒想清楚自己要成為哪種社會人，所以也不知道是否已經呈現了。

22、你將來有可能對你的死亡做些甚麼嗎？比如有

選擇的話，你會遠離現代醫療，選擇只有親人陪伴下的安靜離世嗎？

我一直有結交幾個麻醉師小姐姐，我覺得她們能讓我很歡快地死去。我不相信親人陪伴安靜離世，我更相信現代醫療會讓我死得更愉快。

23、如果死亡即將來臨，你會有特別想見到的人嗎？為甚麼？

想見的人都在心裏了。死前不必再見了，死態對於多數世人都是醜態的，都會讓他們難受很久。

24、再活多少年你就知足了？預估一下你實際還能活多久？

我今年 47 歲了，已經知足了。我預計我能活 100 歲，這不是甚麼好消息。

25、在談論有關死亡的事情上你會感到有所忌諱嗎？理由是？

完全不忌諱。

26、感受過在你的生命成長裏有某種神秘力量存在嗎？你在多大程度上相信有這種力量存在？還是你覺得一切超自然的力量都是人腦的想像？

感受過。一些超級小概率的事件連續發生在我身

上，我開始信命了。

27、你關注過「數字」與生命之間的「神秘關係」嗎？你偏愛某些特別的數字嗎？或者忌諱某些數字嗎？或者你跟某些數字有着奇特的緣份？

沒。對我來說，數字只要好記就好，比如手機號碼，一個一帶着十個八，最好。

28、有一種所謂面向死亡的積極人生態度嗎？這對自己餘下的生活有用嗎？重要嗎？

當然。如果人知道自己一定會死的，就容易三觀正確。

29、（守護）「人品」和（順服）「天意」並不必然是一對對立的詞，但如果要你挑選，你更偏愛其中的哪一個詞？為甚麼？

天意。我能來世間，除了天意還能是甚麼？

30、如果真實條件允許，你會努力去徹底更換自己的生活環境嗎（比如移民）？對於你現有的生命精力來說，你更願意日常生活發生重大改變，還是保持原狀更好？

比較幸運的是，我基本能設計我自己的生活，比如在哪裏生活。我理解，世上沒有完美的事，那就設計些

不完美狀態下最好的狀態，然後待着。以現在的生命精力和見識，我不太願意改變日常了，就算持續這個日常，我也讀不完我今生想讀完的書了，我也喝不完我今生想喝完的酒了。

31、甚麼樣的生活就可以算是老年生活了？對於老年生活你覺得最要緊的是哪些？（列舉重要的三項。）

對於我來說，如果每天能不用手機上鬧鐘就算是老年生活了。老年生活三要素：讀書、飲酒、和好玩好看的人消磨時光。

32、如果你有信仰（指皈依某種特定宗教），可以分享一下你最初的皈依以及信仰體驗嗎？如果你沒有信仰，你覺得將來有可能皈依某種信仰嗎？為甚麼？

我沒信仰，我覺得將來也難皈依。

33、如果你被現代醫療判決了有限存活期，你會以甚麼自我的態度對待這個判決？你會積極安排餘下的生命時光，還是聽天由命地被動感受？

認命。如果我知道殘生的天數，我會更自由地嘗試些一直想但是不敢嘗試的東西，比如藝術。

34、將「科學」作為有關生命的終極理論，你持甚麼態度？你怎麼看待「科學」？

我認為科學有非常多的局限性，連個感冒都不能透徹理解。

35、有古希臘人說：「哲人的一生都是在為死的那一刻做準備。」你怎麼理解這句話？

沒必要。向死而生是對的，一直想着死是有病。準備個屁啊，死了之後，土埋。

附錄：萬事終極無意義，反而好玩兒

馮唐和嚴勇交換了各自對 35 個問答題的回答，又繼續討論了一些問題。

嚴勇：你對孩子最想說的一句話是（第 17 題）：沒有任何事兒是必須做的，拿不起，就放下，拿得起，玩一會兒，也要放下。你是在說「一個人要拿得起、放得下」這句教誨嗎？你覺得你自己是否能放得下那些通常人們比較在意（「放不下」）的情感、榮譽、財富、社會地位等等？

我自己一方面覺得一直以來都有一種教誨讓我「看開、放下」以達到更高境界；另一方面實際經歷的時候，

我還是很投入。常常是事後才想起來這個教誨，或者是在得不到的時候。

　　馮唐：我是在説「放下」。人性的常態是「拿起」：崇尚追求、奮鬥、成功、基業長青。我也是人，也被這麼教育長大，也自我驅動這麼執着地長大，也固執地認為「功可強立、名可強成」。「拿起」裏有快感：殺伐決斷，攻城略地。但是「拿起」並不等於快樂：老天爺沒賞飯、本事不夠、時運不濟，「拿不起」，不快樂；拿起的一瞬間，追求的喜悦喪失大半，不快樂；拿起後想一直不失去，處處提防，常常想下一個「拿起」是甚麼，不快樂。所以，比「拿起」更容易快樂的是「拿得起、放得下」，享受過程，接受失去，「無可奈何花落去，似曾相識燕歸來」。如果再進一步，我想和孩子説的是：在拿之前，要明確認識到，失去是必然，得到不是必然。在這點見識的基礎上，盡情去耍吧。我認為，用這種態度去過一生，贏回票價的可能性大些。這種見識有些接近日本人説的「物哀」：不是天天喪着，悲觀失望，而是知道盛開的櫻花必然零落，所以更加珍惜和享受眼前。至於我自己，我體會過巨大的「拿起」快感：「為相」，運籌帷幄，決勝千里；「為將」，橫刀立馬，千萬軍中取上將首級，「為之四顧為之躊躇滿志」。我也體會過巨大的得到後的失落，貪得無厭，恨不能馬上再度上沙場、再次得到；也體會過無常，高樓在眼前瞬間崩塌，

白茫茫一片大地真乾淨；也體會過萬事終極沒有意義，雪霽長空，萬里飛鴻，片雲段段，或西或東。我拿起過，我放下過，現在我盡量按我想告訴孩子的話在一天天過餘生。

嚴勇：「拿得起」是人人都喜歡的，「放得下」可不太容易。你能放得下的，多是發生在你職業生涯裏的吧（所謂「事業成功」）？別的方面呢？情感、榮譽、名聲、地位等等，你統統都能放得下嗎？你是個淡泊名利的人嗎？如果你能放下，是甚麼使得你區別於那些放不下的人呢？

馮唐：我認同人生沒有終極意義以及本質上一切沒有本質區別，在這個似乎悲觀的背景下，我想把這輩子過得盡量豐盛，既然來到人間，既然必定要死，就用好時間，活得充分些。容易放下的：職業生涯的成功、權力、情感、榮譽。難放下的：對於文章不朽的妄念，對於治病救人的慈悲，對於婦女的喜愛。但是，我也明白，這些難放下的，最終也只能「盡人力，聽天命」，只能隨緣起落。能做到放下，似乎只能靠智慧，不只是書本所得，還包括生來的洞見和生命經歷教會一個人的見識。

嚴勇：我在想，使你想「活得充分些」的動力，應該不是來自你對人生的看法吧？你說你認同「本質上一

切沒有本質區別」。這個認同，是你的智力習得，但我似乎覺得你只是讓它懸在空中，並沒有讓這種見識滲透進你的現實生活。現實中你是要過得盡量豐盛，或者說你追求卓越。換一個角度，我覺得你想把這輩子過得盡量豐盛，用好時間，活得充分，是一種明顯的價值取向，無法用「人生沒有終極意義以及本質上一切沒有本質區別」的觀念來解釋。正如你說的，那只是個背景，前提是甚麼呢？比如那些在禪寺裏修行的人，活得充分還是不充分？至少不能說是豐盛。除了「性情」「天生如此」「性格使然」等等，對於你這種價值取向，我試圖找出更深入的闡釋。

馮唐：我覺得你這個追問最好用柳宗元這首詩解釋：「千山鳥飛絕，萬徑人蹤滅。孤舟蓑笠翁，獨釣寒江雪。」寂靜涅槃是底色，一人獨釣是玩耍。向死而生不一定是啥也不做等死，也可以是生機勃勃。

我喜歡玩耍，又好勝。萬事終極無意義這點智慧實際上幫我平衡了很多心性。當然，我也是發自內心地認可這一點。

因為無意義，反而玩得好玩。

嚴勇：萬事終極無意義這點智慧幫你平衡了很多心性，能舉一些例子嗎？

馮唐：比如説，不做百分之二百五的努力。

比如説，接受無常造成的階段性結果。

比如説，儘管「一朝英雄拔劍起，又是蒼生十年劫」，還是不拔劍。

嚴勇：在第 21 題裏，你説「一直沒想清楚自己要成為哪種社會人，所以也不知道是否已經呈現了」，如果不用「社會人」這樣的概念，你希望自己如何呈現在這個世界上？比如理想的呈現狀態、不錯的狀態、可以接受的、最低最起碼的等等，都説説？

馮唐：我現在覺得「人在社會上到底能呈現哪種狀態」和個體的努力關係不大（人努力與否應該也是在很大程度上由基因決定的），是各種無常力量的綜合結果。如果我自己可以設計，我覺得有些起碼的底線，底線之上，沒有高下，本一不二。這些起碼的底線是：有個基本乾淨和方便的住處，溫飽有保障，有個自得其樂的愛好（比如讀書），在財務上、身體上、精神上不嚴重依賴其他人，不給其他人添麻煩，有項簡單的專長偶爾還能對某些人有用（比如寫詩、寫春聯、刻印、扎針灸等等）。理想的狀態：我真的創造出來了一些以前沒有過的美好（比如寫詩歌、小説、毛筆字等等；比如有質量、有服務、有規模的醫院集團等等），這些美好讓很多人受益而且能延續很長時間，甚至遠遠長於我的有生之年；

我遇上了三兩個真的好玩兒、好看的人類，我們三觀接近，興趣相投，一起興致勃勃地度過一個又一個無聊的漫漫長夜。

嚴勇：説説你認為正確的（以你的標準）三觀是甚麼？第 28 題裏，你提到「如果人知道自己一定會死的，就容易三觀正確」，那麼不正確的三觀是甚麼樣？舉幾個例子？

馮唐：正確的三觀很難總結，如果非要總結，我覺得佛陀的四聖諦總結得還可以。不正確的三觀及其表現就多了去了。比如，執着地認為得到了某個職位 / 榮譽 / 財富數量，人生就圓滿了；比如，幾乎每時每刻都有差別心，都覺得自己比別人強；比如，總質問世界和他人為甚麼不是自己以為的樣子；比如，自己失去對於自己時間的控制。

嚴勇：第 15 題，你説「利用人性惡去匯聚能量似乎永遠比激發人性善來得方便」，為甚麼？人類到現在，總的説來，似乎善還是逐漸在佔上風吧？

馮唐：利用惡和人性弱點要更方便。比如，利用人民的恐懼和自私來維持統治；比如，利用粉絲的愚蠢來獲取錢財；比如，利用對手的遵紀守法、愛護環境而獲

得自己的競爭優勢。其實，我們很大的進步是科技造成的，不是大家更善良、更有智慧了。

嚴勇：以惡行為主的統治，在全世界範圍內，自中世紀之後是在減少吧？中間也有過再度興起的時候，例如納粹德國，但都由於其惡而遭到強大的對抗，沒能佔主導。當然這個過程還在繼續，有此消彼長的波動。至少到目前為止，以尊重人性的、善的方式實施的政治治理是佔壓倒性優勢的吧？其他方面也是，有騙取錢財的，也有各種慈善機構；不正當競爭的企業同樣會遭到對抗和反擊。惡行依然存在，善行也很多，我看不出惡行有甚麼優勢。我認為人性善惡參半，但在互動的社會生活中，近幾百年的歷史表明善還是佔了上風。

馮唐：或者這麼說，我覺得全球範圍，短期，惡定勝善；長期，善有優勢。我讀中國歷史和體會現實，沒覺得遵從你說的那個規律。

嚴勇：為甚麼短期惡就一定戰勝善？

馮唐：很簡單，你看希特勒的得勢，以及各種其他獨裁者的得勢，都是在短期內用惡的手段戰勝了善。再看古代歷史，所有王朝的興廢都是到最後惡做到極端，善才有機會慢慢抬頭。短期內善佔上風的，沒有一次。

而且經過這麼多輪迴，也沒有擺脫這一點。當今商界裏善和惡相爭也是這樣。假設你我是在同一行業的兩個競爭對手。你管一個公司，我管一個公司，基本面類似。我不上五險一金，不管環境問題，能偷就偷，能賴就賴，而你處處守規矩，假設咱們倆其他各方面條件類似、運氣類似，那麼在短期我很有可能比你市場份額升得快，甚至可能滅掉你，讓你根本沒有等待更長期的機會。這就是我說的降維攻擊。這些不是很普遍嗎？

嚴勇：是，同意你說的，短期內善惡直接交鋒的時候，惡要厲害得多，更容易「取勝」。否則的話，惡行今天就不會存在了。因為惡行會遭到反擊，而善行不會，所以如果兩者力量相當，惡行早就被徹底消滅了。實際發生的情況是，反擊力量弱小的時候惡行會相當猖獗，但是反擊力量會永遠繼續不斷地產生，假以時日，惡行終將無法維持下去。當然惡行也可能長時間存在，歐洲的中世紀是黑暗的統治，延續了很長時間，古代某些朝代也是（簡化地看）。人類文明可喜的一點就在於，「二戰」之後，以善為主導的政治治理佔了絕對上風。

馮唐：多少惡以善的名義在施行。

嚴勇：經商的時候，你列舉的那些惡行必須是別人都行善（遵守規矩）的時候才會有「優勢」，那不是真

正的優勢，那是在政府不作為的時候才管用。如果必須那樣才能取得商業競爭優勢，後果就是大家都不守規矩，文明倒退，按叢林法則行事，也是難以為繼的。

馮唐：很不幸的是，這是我在我們周圍見到的常態，看看我們街道上的交通和停車就能有體會了。我 2015 年 11 月才第一次到日本，那種乾淨、安靜、守法、不麻煩別人的境界，我死前能在我的國家見到嗎？（當然，他們有他們的問題。）

嚴勇：我剛才說的是道理，不是現實。現實中，惡行因其暫時的優勢會不斷地產生，反擊的力量也不總是薄弱。記得有一個博弈研究（當然是用簡單的模型來進行的研究），結果是「一報還一報」勝出，其原理就是：我先合作（善待對方），如果對方也善待我，下次繼續合作；如果對方行惡，下次就反擊；如果對方從惡行改成善行，下次就善待──是一個以善（合作）為基礎的策略。研究結果是這個策略最優。

馮唐：我沒這麼樂觀，我覺得是輪迴。在不同政治經濟體系裏，這種輪迴造成的損害有輕重之分。

嚴勇：你說「一些超級小概率的事件連續發生在我身上，我開始信命了」（第 26 題），你也提到靈魂和

轉世的可能，你是不是覺得在我們這個物理世界之外，有另外的世界，有不符合物理規律的事情會發生？超級小概率事件不發生在你身上，就發生在另一個人身上，在我看來，不能說明甚麼啊。

馮唐：你問了我兩件事。一個是超級小概率事件發生在我身上意味着甚麼。的確，從人類總體上來說，超級小概率事件不發生在你身上也會發生在另外一個人身上，對於人類總體而言，無差別。但是對於我這個個體而言，超級小概率事件連續發生在我身上讓我覺得老天挑了我來做某些事情（或者說多種力量作用的共同結果是讓我比其他人更適合做某些事情）。比如，多寫些文章，讓漢語更加優美和高效。比如，多開些好醫院，多救點人。至於物理世界之外是否還有其他的世界，我覺得應該是個悖論，因為只要我們了解了另外一個世界，這個世界也就是我們物理世界的一部份了。我覺得我們對於一些事物的了解其實還很粗淺。比如，人腦如何工作，宇宙如何演化，神是否存在，等等。

嚴勇：老天挑你來做某些事情，老天也挑別人做別的事情，挺好啊，為甚麼你因此就開始信命了呢？也許應該先澄清，你說「信命」的時候，是指的甚麼？甚麼情況下，你就不信命了？

馮唐：因為老天用一些事情的結果和一些事情的發生告訴我，我適合寫文章和做醫療。我也就接受老天這種暗示，不再搖擺，堅持做下去了。這就是信命：信我該寫文章和做醫療。如果努力的結果總是不好，過程中自己也沒快感，也不給我足夠的外界支持（儘管我盡了個人努力），我估計也就算了，我就不信我該做這兩件事了。

其實，信天命說白了也就是信結果反饋和過程反饋。因為結果比預想好很多，過程裏發生一些小概率事件，我就覺得猶如神助。

嚴勇：看來是用詞不同。我理解的「信命」，是認為「命中注定」，自己努力是沒用的；所謂「不信命」，是認為「命運是概率」，我努力還是有用的。當然把努力也當作「命中注定」，就永遠正確了，沒必要討論。看來你是我理解的「不信命」的人，你發現了自己的擅長，努力做你擅長的事，盡可能創造更大的價值，可以這麼理解嗎？

馮唐：對。

嚴勇：關於世界，似乎你也是「科學觀」——科學只是有局限，但並不存在不適合科學去研究的世界。對人腦如何工作，宇宙如何演化，我們了解得很膚淺，沒

錯，但是對上帝是否存在，你也覺得我們是「了解得膚淺」嗎？

馮唐：我沒有深入了解過。

嚴勇：你説（第 33 題）「如果我知道殘生的天數，我會更自由地嘗試些一直想但是不敢嘗試的東西，比如藝術」。藝術你指的是甚麼？

馮唐：更放肆的毛筆字，更瘋狂的文章。或許現在就該幹。藝術是探索創造的極限，我臉皮厚，不怕別人罵。

嚴勇：你用了「或許」，説明你有忌憚。對於你，是不是現在就徹底掄開了耍，是個「或許」。你忌憚甚麼？

馮唐：我忌憚甚麼？我起馮唐這個筆名，其中一層就是不想有忌憚和禁忌。但是我知道，到如今，無論是肉體還是創作，我實際上還沒有做到百無禁忌。創作上還沒像荒木經惟、井上有一等一些藝術家一樣徹底，世俗上沒有像弘一法師一樣放下一切。

前面我倆討論了很多「天命」，關於沒有出家這件事，我想得很清楚了，我的天命是寫作和醫療，這樣花

時間比出家更適合我，所以像弘一法師那樣出家對我已經沒有吸引力了。

但是，藝術和「天命」不一樣。一方面我知道，嘗試破壞性創作一定能給我不一樣的體驗。但是，我也知道，佛界易入，魔界難入。不是沒有吸引力，而是一旦進入，可能命懸一線。另一方面顧慮是，可能世界上有些事兒就不該碰，彷彿孔丘的「子不語怪力亂神」（儘管我寫了包含《不二》在內的子不語三部曲），彷彿金庸說的乾坤大挪移練到第八重就該止步，第九重其實是前人瞎編的，如果練，就會走火入魔。

嚴勇：一個人活着的「意義感」，有些是來自跟他人（自己在乎的、看重的人）的關係。在你這兒，你跟他人的關係在你的「生存意義」中，佔的比重大嗎？

馮唐：重。一小半吧。

嚴勇：最重的是甚麼？

馮唐：還是個人修煉和為更廣泛的大眾做點啥吧。

嚴勇：你珍惜生活，最看重的是甚麼？無論是個人修煉，對世界貢獻，還是跟他人的關係，展開了說說？

馮唐：最看重生活質量：智慧增長的愉悅，因慈悲而做的功德，文字表達的快樂，對古器物之美的欣賞，對美景、美人、美食和美酒的熱愛，在人類中找到同類的喜悅。

書法是萬人的美女

　　我在香港中環的國際金融中心吃完中飯，下一個會還有一個半小時才開，下一個會也在中環。香港因為擠，所以方便。我估算了一下，沿着中環扶梯上山，足夠走着去荷李活道逛逛古董店再回來的時間了。一個朋友介紹，荷李活道文武廟西邊一點有家古董店，有高古硯台，漢、六朝、唐、宋、元的都有，在文房古美術方面是塊招牌。路過文武廟，和其他廟一樣，正殿門上的對聯寫了一些不可能錯的套話，偏西的旁門上兩個字「步月」倒是清秀俊朗。廟的香火很盛，門都被香火熏得有點黑了。我沒進去，在門口停了停，遙拜了一下，不知道廟裏供奉了甚麼神佛，也沒許甚麼願。我的習慣是路過廟一定要拜，無論甚麼神、甚麼教，彷彿早上遇上太陽或者盛開的花朵，一定要停下來，點一下頭。我從不許願，我知道世人眾多，神佛管不了那麼多具體的事兒。

　　那家古董店的櫥窗裏掛了一幅很美的隸書：「髫年埋首朝侯碑，今已白頭人成癖。躬逢盛會忘工拙，漫題小扇娛高士。」古董店裏的確有好硯台，漢、六朝、唐都有，開門老，品相也不錯，就是價格貴，貴到似乎沒

法還價。

　　往回走的路上遇到一家畫廊，從玻璃門窗望進去，非常空曠，一面牆上掛了十一幅書法，每幅兩尺左右，每幅都寫了同一個漢字「花」，每個「花」字都不同，彷彿是不同植物開出來的。我也說不出這些「花」字有甚麼特殊，它們完全談不上傳統王羲之到趙孟頫體系的那種驚鴻游龍書法美，但是這些「花」字讓我心裏一動，再一動，彷彿在街上見到某個女生，腦子會無意識地想記住她的樣子。因為要準時回去開會，我沒進畫廊看，只是用手機簡單照了張照片。這些「花」的書寫者是井上有一。

　　我在中環附近的一家三聯書店買了一本《書法是萬人的藝術》，很快讀完，書寫得一般。書的主要內容是井上有一的傳記，也不複雜。他生在一個普通家庭，做一份普通教師工作，有過一段普通刻骨的單相思（從小三十年的年齡差看，有一點普通的不倫），但是認定自己為了書法而生，一直寫到死。我一直認為，政治家、企業家、哲學家、作家有必要出傳記，讓世人知道，他們的生長環境和外部力量，但是藝術家沒必要，世人直接看作品好了，他們的作品會說話。

　　儘管書寫得一般，但是作為一個成人愛情小說作家，我讀完想到了一個比喻，沿着這個比喻推演，解決了困惑我很長時間的一些書法問題。井上有一書法理論的重點就是打破傳統的王羲之、趙孟頫書法體系，讓書法從

以書法為職業的書法家那裏解放出來，成為萬人的藝術。我想到的比喻是：書法是萬人的美女。

第一，書法和女人一樣，天生決定了絕大部份。

有些人，怎麼練字也沒用。天生和書法深度相關的小肌肉群協調能力差，就像天生五官不調、四肢不對稱。而有些人，不怎麼練字，寫出來的字就好看，彷彿有些人在出生第一天就眉清目秀、妖氣繚繞。

第二，書法和女人一樣，天然勝過人工。

有些人，拚命臨帖，指甲縫裏全是墨色，洗手池裏全是墨痕，寫出來的字和王羲之、趙孟頫、敦煌卷子一模一樣，但是，還是美不過那些極其少見的有辨識度的字。彷彿有些女生拚命醫學美容，刀槍劍戟斧鉞鈎叉拐子流星都往臉上招呼，把臉整得和楊玉環一樣，還是美不過那些天生的極其少見的楊玉環。

第三，書法和女人一樣，人工之後再返天然很難。

字寫得像極了王羲之、趙孟頫的人，讓他們寫得不漂亮，比殺了他們都難，即使拚命往拙裏寫，也是裝出來的醜。彷彿女生整容之後，天天濃妝之後，自拍美美地分不清是自己還是楊玉環之後，讓她們再素面上街溜達，太難了。

第四，書法和女人一樣，神來之筆勝過天然。

天生能寫字的人，大酒之後、劇痛之後、狂喜之後、蘑菇之後，放鬆，再放鬆，胴體成為載體，草木、禽獸、地仙、天神附體，寫出的字驚天地、泣鬼神。彷彿天生麗質的美人，清水洗臉之後，喝了幾大口之後，喝高了，笑了一下，顛倒眾生。

《書法是萬人的藝術》裏説，他想寫巨大的字，最大的瓶頸是沒錢，沒錢買大筆。我第一次在東京銀座的鳩居堂看到他們鎮店的大筆，一枝一層樓高的大筆，就想買。我和朋友交流買這枝筆的事兒。朋友説，到了用這麼大筆的境界，無格，無筆，自由，自在，自然，自信，去百貨商店買個大號墩布就好了，去附近的龍潭湖公園搶在廣場地面上寫字老頭兒的大筆就好了，彷彿已經美成了楊玉環，還在乎身上有沒有佩玉嗎？

常規不為我輩設

　　我一直把荒木經惟當作我的攝影老師，第一因為他關注婦女，第二因為他用功。在我的認知裏，他是攝影師中最關注婦女的。藝術無禁區，他百無禁忌，即使在人類有史以來最開放的「二戰」後的東京，他還是因為有傷風化被抓進警察局好幾次。在我的認知裏，他是攝影師中最用功的，今年78歲，天天啪啪拍個不停，據說已經出了四百五十多本攝影集。在我的寫作中，我也非常關注婦女，我也相信，哪怕天賦最好的作家也要用功，才、學、識缺一不可，後天的學習積累和見識提高一天也不該停止，構思和寫作一天也不該停止，一日不作，一日不食，直到生命終止。

　　儘管我買了最好的相機和光圈最大的鏡頭，理論上可以最好地還原我的肉眼所見，但我還是沒形成攝影的習慣。一個原因是好相機還是太沉；另一個原因是我害羞而拘謹，不好意思舉起機器就啪啪地拍，也不知道如何徵得陌生人的同意。可能更根本的原因是我根本沒有攝影的天賦，才會覺得相機沉，覺得不好意思。在我有天賦的寫作上和讚美婦女上，所有的原因都不能成為藉

口，儘管忙成狗，這些年還是忍不住不寫；儘管害羞而拘謹，這些年還是忍不住不寫婦女。

儘管荒木經惟沒能教好我的攝影，但是他讓我重新拾起了書道。我翻他的攝影集，有時候他在照片上寫字——漢字，毛筆字，完全不像我日常所見的中國書法家的書法，有種神經病的神氣，有種壓不住的運動感，似乎能想見他寫字時的樣子。後來他和朱新建在北京辦了個雙人展，我在畫廊空曠而簡明的空間裏第一次看到他的四尺到八尺的大字，那股神氣更明確，如天上大風，如湖面冰開，如竹林間破土的竹筍，如馬桶裏的蛇。我買了收在展覽圖錄裏但是沒出現在展覽空間裏的一幅作品，四個大字「陰毛禮讚」（或許荒木經惟是在致敬谷崎潤一郎的《陰翳禮讚》吧），大字下面是用紅色和墨色畫的女陰，讓我想起我初見婦女、初學婦科的那些神奇的時光。

坐在車裏，坐在荒木經惟的「陰毛禮讚」旁邊，我想了很多：我輕易辨認出了他的毛筆字，他的毛筆字讓我想起生命中一些非常重要的時光，我掏腰包買了這幅字。我認為，我在無意識中擊中了藝術品的三個重要屬性：有突出的風格，有人深深喜歡或者深深厭惡，有人買。如果某件藝術品能在這三個屬性上打敗時間，持續有風格、有人愛、有人買，那這件藝術品就是一件不朽的藝術作品。

我在北魏和北齊的佛造像底座、宋代建盞的盞底、磁州窯的枕上、湖田窯的碗邊、大漆盤的盤底等看到類

似荒木經惟的書道，那股神氣衝破時間的泥沼，呼嘯而至，如千年前一樣鮮活。

我 10 歲之前，臨過三年顏真卿。那之後，2015 年之前，沒碰過毛筆，但是一直用鋼筆記筆記。2015 年之後，要簽名書的人越來越多，索性重新用起毛筆，借着簽名重新熟悉毛筆字。2016 年，有幾個受過良好教育的朋友非要我寫毛筆字掛在他們的辦公室、客廳或餐廳。我問：「不怕其他人笑話嗎？」一致的回答：「寫得有風格，寫得好看，至少我覺得好看，關別人屁事。」2017 年，夢邊辦「夢筆生花」文人書畫展，我送了三個大字「觀花止」。匡時創始人董國強兄自己掏錢買了。我說：「不要瞎買東西捧場啊。」他說：「我從來不為了人情而瞎買。」

於是我想：那為甚麼不能寫得和王羲之不一樣？那為甚麼一定要苦練得和王羲之寫的一模一樣？那為甚麼書道不能是基於個人的天賦和稟性？那為甚麼一定要五指執筆？那為甚麼一定要中鋒運筆？常規本來就不是為我輩設的。

於是就有了他和我的書道雙人展，夢邊團隊策劃的「書道不二」書道展，一日，一中，一老，一「少」，都熱愛婦女，都跨界而來，都寫非常規好看的毛筆字。展覽就設在春末夏初，那時候北京挺美，就設在智珠寺和嵩祝寺，那裏明代是印經廠、清代是三世章嘉的廟。展覽兩週，如一陣風、一場露天電影、一個法會，荒唐不荒唐，一期一會，然後無影無蹤。

因為荒木經惟的身體不適合遠遊，雙方團隊安排我3月中旬去東京採訪他。我沿着女人、攝影、書道、生活、一個字的順序，列了馮唐十問荒木經惟。

　　第一，您被捆綁過嗎？如果是，第一次甚麼感覺？

　　第二，請用三個詞形容女人？

　　第三，您最喜歡的女人的三個特徵？看一個女人，通常最先注意到的部位是？

　　第四，如果不讓您攝影，您如何打發時光？您覺得一個好攝影師的最大特質是？

　　第五，您拍了很多人體、花、天空，這三者的同和不同是甚麼？

　　第六，您覺得甚麼是好的書道？您覺得您是一個好的書法家嗎？天賦和後天訓練，哪個對於書道更重要？一休宗純和良寬，您更喜歡誰？

　　第七，您相信轉世嗎？一休宗純和良寬都寫詩、寫毛筆字、好色、坦誠，您是不是他們的轉世？

　　第八，您覺得佛法是甚麼？

　　第九，去年，您最快樂的三個瞬間是甚麼？

　　第十，您最愛寫的一個字是？

1、無法形容婦女，採用攝影表達

　　馮唐：我非常崇拜您，有四十多本您的作品集。和您一樣，我也非常熱愛婦女，原來是一名婦科醫生，後來寫了很多的情色小說。

荒木：非常遺憾不能看懂您的小說。

馮唐：一位韓國導演正準備將它拍成電影，未來可以看到影像的版本。這次非常開心，熱愛婦女的兩個人能夠坐下來相互交流。我在接下來的時間裏問的問題，都是從我的角度比較關心的話題。第一個問題，我知道您非常熱愛婦女，拍攝了很多婦女的照片，如果用三個詞來形容女性，您會選擇哪三個形容詞？

荒木：我就是因為沒有辦法用語言來形容，才用攝影來表達。

2、照片就是日記

馮唐：看到先生很多攝影集的名字都取得很好，書名也是自己的書法，在您剛剛介紹的時候，也多次涉及俳句、詩歌、小說等等，對您影響最大的文學家，有哪幾位？

荒木：雖然現在不是了，但是有一段時期，是永井荷風，但是很快也厭倦了。我會拍一些男女日記，把一些日常記錄下來，出寫真集。即使到了現在，也會拍一些日記形式的照片。照片是可以記錄那一天、那個時間點的東西，是有連續性的。

3、喜歡拍即將要背叛的瞬間

馮唐：就像我平時寫東西，也會隨身帶着一個本子，很多東西都可以記下來。剛才您說找不到能夠形容女性

的詞語，於是舉起了相機，您最關注的女性部位或特徵是甚麼？哪些女性會吸引到您，會有想要拍照的衝動？

荒木：全部，不管是美的地方或是醜陋的地方。不是去拍美的東西，而是去遇見美，發現美。比起美與不美，女性大多數比較表面吧，而我想把這些表面的東西糅合在一起表現出來。

馮唐：一切的婦女、婦女的一切都是美的。

荒木：不只是形態方面的美醜，不是局限在大眼睛高鼻樑，還包括謊言。我覺得說謊是女性的一大特點。拍照就和談戀愛一樣，有些女生喜歡背叛，我喜歡拍即將要背叛的那個瞬間。我覺得女性就是會背叛的物種，這也是魅力所在。

馮唐：您是 1940 年生人，今年 78 歲了。這麼多年資深熱愛女性，有沒有注意到對待女性心態的變化？還是從 18 歲到 78 歲，您對女性的心態一直沒有變化？

荒木：一直在變化。我現在是進入了這樣一個精神狀態——不是僅僅覺得她們可愛（雖然最開始是這麼覺得的），最近我覺得，還是沒有辦法搞懂女性，或者說還不夠了解女性。女性一定還有更加有魅力的地方。所以我會一直繼續拍女性，不厭倦的。

4、契機就是死亡

馮唐：中國有句話叫「入佛容易入魔難」，有些陰暗的、殘酷的、痛的，甚至醜陋、骯髒等帶引號的負面

詞彙,您都能夠坦誠面對,是甚麼驅動您面對陰暗的一面?這些陰暗的地方給您最大的感受是甚麼?

荒木:作為攝影師,覺得自己的境界提高的時間點,應該是在經歷了父親的死、母親的死和妻子的死的時候。基本上,如果這三個你都經歷過的話,離頓悟就非常近了。如果想當攝影師的話,把父母和妻子殺了的話,離這個境界就更近了(開玩笑)。所以我提高的契機就是死亡,是至愛的人的死亡給我的力量吧。

5、第一強敵是天空

馮唐:看到先生拍攝很多人體、天空、花,拍攝這三者時的心境有哪些相似和不同?

荒木:都一樣。生、死的感覺(荒木自己造的詞彙,エロトス),跟邏輯沒有特別大的關係,都是自己生理上的一種感覺,所以我會拍一些性(生殖器官)的主題,包括花,對我的感覺也是一樣的。

馮唐:看到天空也會有生理反應嗎?

荒木:天空的話,可能是精神擔當吧(笑)——你這個問題好難。我覺得天空很好,我每天都會拍天空,覺得天空才是最好的。「開天眼」的境界不太好(意味著年歲大了),所以今年才會以阿修羅來代表自己,因為他是戰神。

馮唐:您就像花一樣,不存在衰老,一點沒有感覺到時間的變化。

荒木：我有一張中間有一根線的照片，拍的是北面的天空，雖然我有時候會說那代表鄰國甚麼的，其實是自己有種從老天那裏逃出來的感覺。我的第一強敵就是天空（老天）了。

現在數碼照相機比較流行，但我沒有，我拍膠卷。膠卷的話有正反兩面，而在正面和反面中的間隙裏，我感覺有甚麼東西。數碼的話，就一個面。

Paradise 這個系列，下次在這裏會展示——通往「天國」的通行證（passport）。國是指地獄的國度。我認為在「天國」裏有血池地獄（日語裏「地獄」寫成「地國」）。我想表現出這種天堂、地獄在一起的感覺，所以拍了一些即將凋零的花，一些特別艷麗的或者枯萎的花，都糅合在一起。

最近喜歡拍一些黑白照片，也許是因為這份心情，才開始的書道。有一種接近「無」的狀態，當然對於我來說就是死亡的狀態了。我討厭這種狀態，才會在自己拍的黑白照片上加上彩色塗鴉，做這樣或那樣的嘗試。5 月 25 日是我的生日，那天我也打算拍黑白照片，想要通過這些找到或者讓自己認識到自己的方向。有時候拍一些照片，是因為自己的一部份在裏面。而照片想要表達的，都交給觀眾自己去想。

6、說服女性脫衣服

馮唐：我在做婦科大夫的時候有一些困難，就是說

服女病人脱衣服。您拍攝這麼多女人體，包括捆綁等大膽的一面，是如何説服女性同意的呢？

荒木：哈哈，這當然是通過「騙」了。女人喜歡背叛，男人喜歡説謊（笑）。其實就是通過語言，我覺得最能讓人醉的不是酒而是語言。用語言來「馬殺雞」。我想大家會認同的一點就是，女性都想脱（笑），不管是身體還是心情，全部都想要表現出來，所以説服她們很簡單——即使把脈，她們也要全脱了。如果是你的病人，應該很快就脱了吧。

我個人比較喜歡拍臉部，臉是全部表現自己的地方。拍照的最後，我都會拍臉。

7、開心

馮唐：如果有一天不能拍照了，您會如何過日子？如何讓自己開心？

荒木：我是一個做甚麼都可以開心的人，但還是會覺得寂寞。按快門的聲音，讓我覺得是自己脈搏在跳動。

馮唐：也就是説，只要脈搏跳動，就會拿起相機。

8、按照自己的想法去寫

馮唐：説説寫毛筆字。您認為好的書法或書道是甚麼樣的？您認為自己的書法是不是好的書法？

荒木：這也是我想問的問題。小學的時候有書法課，在學校也有書道的比賽，會要求大家寫美麗的富士山、

美麗的日本之類的，我就會故意不寫這些。我沒有去過
書道教室學習，也沒有老師，只是被一些奇妙的字吸引，
比如石碑上的字。現在寫字（也不知道是不是該説繪
畫），之所以堅持的一個理由，是一個叫富岡多惠子的
詩人跟我説：「你千萬不要拜師。」她那天有點喝醉了，
看着我寫的字跟我説這個好。這是我隨便寫着玩的，但
是她卻説要一起寫。我真的很高興。

　　馮唐：我和您有個很相像的地方，就是不想和傳統
意義的二王書法體系一樣，為好看而好看，也就是説，
都是按照自己的想法去寫的。後來重新開始寫字，有些
女生就説很好看，你能不能寫一個，我掛起來，甚至願
意付錢。這一點給了我很大信心。我覺得我們倆有很有
意思的相同之處，也有很有意思的不同之處。我們都是
非傳統的、熱愛婦女的、沒有很多臨帖功夫、按照自己
的心意書寫的。不同之處是一中一日、一少一老，一個
是寫黃書的，一個是拍黃色照片的。在這種同和不同中
體現出來的感覺，也許與書道的核心有相關之處。

9、才能太多了

　　馮唐：無論書法還是攝影，您認為，先天的天賦與
後天的訓練相比較，哪個更重要？如果 10 分滿分的話，
先天佔幾分，後天佔幾分？

　　荒木：我的才能太多了，感到焦慮（笑）。從老天
那裏繼承來的才能，能不能用完也不知道——這都是玩

笑話了。我拍照，其實自己沒有甚麼作用，都是被寫體（被拍照的對象）的功勞。只是她們被拍的這個契機，自己會作為一些因素在裏面起作用。我認為作為終極的一個境界，自我也是需要被忘掉的，達到一個無的境界。

馮唐：理解，就像我寫小説一樣，是老天握着我的手在寫，我只是一個媒介而已。接着的問題就是，您的書法和照片會不會被同行認為是垃圾，出現批評的聲音，説您離經叛道、混淆視聽？就像有人對我的批評一樣。

荒木：這樣説的人才不行吧（笑）。

10、呼吸就是幸福

馮唐：最後一個問題，過去的一年裏，您最快樂或幸福的三個瞬間是甚麼？

荒木：幸福甚麼的我不懂。如果要説的話，現在活着、呼吸着，就是幸福的吧。特別是我現在想要多活一點的這種求生慾，所以，也許我現在就是幸福的。

馮唐：我的問題已經結束了，先生還有甚麼問題嗎？

荒木：一開始你給我小説，其實我也看不懂。但是為甚麼答應合作呢？是因為覺得你很有男子氣概。你的男子氣概在書法裏也可以體現出來。

馮唐：謝謝您。

不要怕黑暗，不要怕窮困

各位基礎醫學的前輩、泰斗、大師：

今天，我們在這裏紀念中國醫科院基礎醫學研究所成立六十週年。一個月前，蔣澄宇所長請我在這個場合發言，內容隨我。我第一反應是堅決拒絕，我的內心充滿恐懼。在座的都是我國基礎醫學的柱石、國士無雙，都是我的老師，甚至我老師的老師，我何德何能敢在這個講台上發言？

最後，我還是接受了蔣所長的邀請，主要是想請各位前輩看一下，各位前輩的科學教育對我這樣一個晚輩的影響。我們現在所在的協和醫大小禮堂對我來說是個廟堂級的聖地，我在隔壁的基礎所住了整整五年。這座基礎所的大樓有可能是世界上殺死小白鼠最多的大樓，這些小白鼠生得偉大，死得光榮，為人類的健康做出了偉大的貢獻。從某種意義上，各位前輩也可以把我當成一個小白鼠，少年時代接受各位給予的系統性醫學教育，包括醫學基礎科學訓練，如今用自己的方式在推進人類健康的發展。以我這個小白鼠為例，「一個醫學生的科學修養應該是甚麼？為甚麼要有這種科學修養？」是我

今天發言的主題。

1993 年到 1998 年，我住在基礎所六樓，五樓是女生宿舍，七樓是教室。每次下了電梯往宿舍走，都會路過病理生理實驗室，都會聞見老鼠飼料的味道。這種味道是如此根深蒂固，二十年過去了，如果晚飯沒吃飽，如果夜熬得太久，我勉強入睡，還是會反覆夢見老鼠飼料的味道。

那時候飢餓纏身，最常問自己的問題是：我為甚麼而活着？翻遍圖書館，找到英國人羅素的一篇文章：〈我為甚麼而活着？〉。

羅素説，出於三個原因：對愛情的渴望，對知識的追求，對人類苦難不可遏制的同情心。這三種純潔但無比強烈的激情支配着我的一生。這三種激情，就像颶風一樣，在深深的苦海上，肆意地把我吹來吹去，吹到瀕臨絕望的邊緣。

在基礎所和協和醫院晃蕩，我後來習慣了飢餓，有了疑似的愛情和肉體的高潮，反覆目睹生老病死的輪迴之苦，也體會到了在物慾橫流的帝都最物慾橫流的市中心青燈黃卷埋頭讀書的快樂。最常問自己的問題是：甚麼是科學？甚麼是研究？科學研究要遵從的最基本的方法論是甚麼？那時候中國開始有了互聯網，我找到了一篇愛因斯坦在他 39 歲時候祝賀普朗克 60 歲壽誕的講話：

Principles of Research, address by Albert Einstein (1918) (Physical Society, Berlin, for Max Planck's sixtieth birthday)

引用其中兩段：

　　首先我同意叔本華所説的，把人們引向藝
術和科學的最強烈的動機之一，是要逃避日常
生活中令人厭惡的粗俗和使人絕望的沉悶，是
要擺脱人們自己反覆無常的慾望的桎梏。一個
修養有素的人總是渴望逃避個人生活而進入客
觀知覺和思維的世界。這種願望好比城市裏的
人渴望逃避喧囂擁擠的環境，而到高山上去享
受幽靜的生活。在那裏，透過清寂而純潔的空
氣，可以自由地眺望，陶醉於那似乎是為永恆
而設計的寧靜景色。

　　除了這種消極的動機以外，還有一種積極
的動機。人們總想以最適當的方式畫出一幅簡
化的和易領悟的世界圖像。於是他就試圖用他
的這種世界體系（cosmos）來代替經驗的世界，
並來征服它。這就是畫家、詩人、思辨哲學家
和自然科學家所做的，他們都按自己的方式去
做。各人把世界體系及其構成作為他的感情生
活的支點，以便由此找到他在個人經驗的狹小
範圍裏所不能找到的寧靜和安定。

　　1998 年，臨床醫學博士畢業前夕，我寫完了我的博
士論文：〈表皮生長因子－表皮生長因子受體 -c-myc 信

號傳遞通路在卵巢癌中的存在及其與 DNA 合成、細胞凋亡及其預後的關係〉。在我畢業前夕，發表在《中華醫學雜誌》上。但是，我厭倦了飢餓。有個小護士問我：「你喜歡夜晚嗎？」我說：「喜歡。」她又問我：「在夜裏，你帶我去做點甚麼吧。」第一個夜晚，我帶她去看了星星。第二個夜晚，我又帶她去看了星星。第三個夜晚，我覺得我們應該吃點甚麼，但是我身無分文，我就決定，我要去做一點不看星星的工作，然後請她吃了點東西。

2000 年，我讀完 MBA，第一份工作是去一個叫麥肯錫的諮詢公司。那是一個只從最好的商學院招最好的畢業生的公司，那是一兩年淘汰一半以上新員工的公司，那是一個一週工作九十個小時的公司。我樂在其中地工作了九年。

麥肯錫最重要的方法論，一言以蔽之：以假設為前提，以事實為基礎，以邏輯為驅動的真知灼見。這個方法論，本質上其實就是我在基礎所學會的科學研究的方法論。

於是，在今天，對於科學，我作為一個小白鼠的總結是：

第一，有效。

羅素有他有道理的地方，愛因斯坦有他有道理的地方，醫科院基礎所給我的科學修養救了我。面對商業上

的未知和人類肉身的未知，科學的方法論一樣適用，智慧和慈悲並不過時，還是我們的力量源泉和快樂根本，即使在今天。

第二，求真。

哪怕刀架在脖子上，真理不能屈服。商業管理的底線是不能做假賬，科學研究的底線是不能做假數。面對誤導造成的巨大罪孽，個人因為造假得逞而獲得的榮耀如同地溝油一樣短暫而油膩。

第三，堅守。

不要怕黑暗，不要怕窮困。我們最快樂的時光是坐在路邊喝啤酒的時光，我們最幸福的時光是救人於病痛的時光，我們最滿足的時光是發現前人尚未發現的幽微的光芒。

救人一命，勝造七級浮屠，何況救無數人命。六十年一甲子，諸位前輩、泰斗、大師，我們共勉之。

無論多高遠的目標，
做着做着就實現了

　　二十多年前，在協和醫學院，楊煥明老師是我的遺傳學老師。醫學院的學生，睡得晚，起得早，中午睡一覺。遺傳學課是下午第一堂，所以楊老師每次看到的場景，是三十個男女蓬頭垢面、睡眼惺忪地夢遊進課堂。他是溫州人，普通話有嚴重口音，下午第一堂課本來就睏，在他的溫州話遺傳學的宣講下，一多半夢遊進來的同學，徹底進入了夢鄉。那時候的協和醫學院，如果出現一門不及格，學生就拿不到博士學位了。同學們睡多了開始害怕考試不及格，於是推薦我去和楊老師說：「既然您是留美歸國的特殊人才，能否全部用英文上課？」楊老師那時候脾氣隨和，說好。等他換成了全部溫州腔兒的英文授課，更多同學進入了夢鄉。同學們於是推薦我再去和他說，請他再改回普通話。楊老師說：「不要糾結於我如何說話這件事兒了，不要擔心考試過不去，我會給書面考試提綱的。」

　　在楊老師承諾會給出書面考試提綱之後，我也進入了夢鄉。到現在，除了 CGAT、唐氏綜合症、23 對染色

體、雙螺旋模型等基本得不能再基本的知識點之外，他教的遺傳學，我都遺失在似水流年裏了。

二十多年後，第十一屆國際基因組大會在深圳新建的國家基因庫召開，其中一個新的模塊是科普嘉年華。楊老師讓我一定參加，我感覺很困惑，一起喝喝小酒、吹吹牛、不知老之將至，沒問題，但是科普和我有甚麼關係，為甚麼請我？楊老師做了科普嘉年華的開場，我又一次聽到了熟悉的溫州普通話夾雜着的英文。聽完之後，我明白了科普和我的關係。科盲遠遠多於文盲，科普無界限，求真靠我們。

第一，不要以為我們早就懂了的科學常識絕大多數人都懂。

發言的最開始，對着台下的好幾百人，我問了一個問題：「為甚麼絕大多數人左邊睾丸比右邊的低？」問完，我觀察了一下，大庭廣眾之下，台下絕大多數男生的第一反應是伸手摸向自己的褲襠，還有個別女生也下意識地伸手摸向自己的褲襠。我馬上制止住大家的衝動，強調了一下，這個事實已經被大樣本調研證實過了，大家不用通過自己的個例再次驗證，有知道為甚麼的請舉手。之後很少幾個男生舉起了手，其中一個的回答是：「因為怕兩個睾丸在同一水平線上相互碰撞產生不必要的傷害。」

我把這個問題貼到個人的微博上，比較奇葩的答案

207

包括：

「因為可以蹺二郎腿不硌着蛋。」

「胚胎的生長發育過程中，睾丸需要從腹腔逐漸下降至陰囊。左側睾丸比右側先下降，所以比較低。」

「天哪！之前我一直以為我有甚麼病，原來你們也是啊？嚇死我了！」

「是因為地球自轉嗎？」

在這裏，我就不公佈標準答案了。最好的學習，是懷着疑問自己去尋找答案。我想和楊老師印證的是，我們早就懂了的科學常識，其實絕大多數人都不懂。隔行如隔山，哪怕都是受過高等科學教育的，彼此專業不同，對於對方領域的陌生程度超乎想像。

第二，不要以為科普這些科學常識沒有用。

沿着上面那個問題說，有多少人因為發現自己左邊睾丸比右邊的低而苦惱？其中多少人為了這個去了醫院？多少去醫院的人被無良醫生騙着接受了過度治療？我不是泌尿科大夫，我不知道，但是我猜測，在全國範圍內，這不是極小的數字。

再舉個婦科的例子，「宮頸糜爛」這個詞困擾了多少婦女？引發了多少過度治療？給婦女造成了多少傷害？我不想用諮詢公司練就的估算技能去估算，我知道，這些數字驚人。

第三，不要以為科普是個孤獨的工作。

科普是有人看的。這裏再問一個問題，中華人民共和國成立以後銷量最大的科普書籍是哪本？不賣關子，我在這裏作答：協和醫院婦產科集體創作的《新婚必讀》。聽我導師郎景和大夫說，銷量是千萬級別。

科普是有傳承的。上次大會，有楊煥明老師這樣的長輩，也有比我小十幾歲的非常高產的年輕科普作家。年輕人在台上又跳又唱，中英文俱佳。在這個年紀，似乎甚麼罪都能受，甚麼苦都能吃，甚麼牛都敢吹，無論多高遠的目標，做着做着就實現了。我佩服楊老師對於科普的遠見、耐心和熱情。他凝聚起年輕人的這股勁兒，甚麼事兒都能辦成。

以後，除了陪楊老師偶爾喝小酒、吹小牛之外，我也陪他做些科普的工作。等我小說靈感耗盡，我寫個科普三部曲：《新婚必讀》《性癮必讀》《怕死必讀》。

人類有史以來最大的慈善

　　一百年之前，1917年秋天，小洛克菲勒從紐約輾轉來到北京，見證了他出資的北京協和醫學院的建成。當時，徐世昌大總統還請他和大家在大總統府吃了一頓，場面體面而熱鬧。

　　一百年之後，就人而論，在我有限的認知裏，小洛克菲勒是最了不起的富二代，沒有之一。在清朝和民國交替之際，在第一次世界大戰前後，在從紐約到北京的單程旅行最快需要一個月的時代，在需要自建獨立的水、電、動力、通風系統才能支撐一個世界一流醫學院和醫院的時代，在沒有完善的外匯兌換系統和海陸貨運系統的時代，小洛克菲勒敢相信考察團的建議，堅定不移地花老爹的錢在北京建立一個超一流的醫學院：20萬美金買了一個小小的教會辦的協和醫學堂，12.5萬美金買了在東單三條佔地22.5公頃的豫王府，在此基礎上，超預算五倍，花了750萬美金建成了北京協和醫學院。再後來，「二戰」了，再再後來，解放了。在1949年之前，小洛克菲勒到底為北京協和醫學院及其附屬協和醫院花了多少錢，有好幾個版本，從1,500萬美金到4,800萬

美金。很難計算這些美金在一百年後的今天到底值多少錢，僅僅算 12.5 萬美金買的 22.5 公頃豫王府，僅僅算 2017 年的地皮價值就在 450 億人民幣以上。

除了堅持建設超一流硬件，他屏蔽噪音，堅持了如下辦學原則：赤裸裸的小班導師制精英教育，每年全國招生不超過三十人，建校百年，畢業生不足三千人；赤裸裸的領袖型全才教育，要求學生必須有三年生物系學習經歷，貫知天地草木禽獸，在醫學院本院，必須醫、教、研兼修；全球視野，全球招聘教授，英文教材，英文教學；淘汰制，為了培育醫療智慧，不惜極限加大學業壓力，不惜壓榨學生的青春和健康，多數醫大學生呈現黑暗枯黃「協和臉」。補充一點，這樣一個按照當時世界最高標準建立的醫學院，第一任校長，他挑了一個叫 Franklin C. McLean（麥克林）的 28 歲小伙子。

一百年之後，就事兒而論，小洛克菲勒堅韌耐煩、勞怨不避地創立北京協和醫學院及其附屬協和醫院這件事兒，很有可能是人類有史以來最大的慈善事業。這個每年畢業生不足三十人的小醫學院，這個設計規模不足三百床的小醫院，歷經「一戰」「二戰」「內戰」「軍管」「文革」，衍生出來中國醫學科學院、中國預防醫學科學院、中國軍事醫學科學院、中國解放軍總醫院。一部協和史，就是大半部中國現代醫史。很難計算這一百年來協和一共救了多少人，延長了多少人多少年的生命，提升了多少人多少年的生命質量，但是，在我有限的認

知裏，我不知道有史以來有另外哪個項目有大於此的福德。

　　一百年之後，就東單和王府井之間的百年時空而論，北京協和醫學院是最具揭示意義的現實版壇城，創造、保護、毀滅、再創造、再保護、再毀滅，絕望後再有希望，希望後再絕望，在似乎萬劫不復的輪迴中，看到不絕如縷的智慧和慈悲。儘管諸事無常、諸法無我，我還是看到他用一己之力創造了一個似乎超越了輪迴的存在。

　　作偈曰：

　　　　僧侶們敲碎巨大、複雜、優美的壇城，
　　　　彷彿一切都不曾發生，
　　　　壇城的碎沙也在一刻不停地形成下一個壇城。

　　托小洛克菲勒的福德，從 1990 年到 1998 年，我在協和念書，最常出入東單三條九號院和中國醫學科學院基礎所那棟蘇式的七層樓。畢業之後，我一直想有個類似九號院和基礎所的物理空間，作為非官方校友會，校友們能時常出入，能想起過去的宿舍，能追憶從前，能對着協和和紫禁城的屋頂發呆，能一起打牌、扯淡、喝酒、吃盒飯，當然，也免不了聊聊古今、天人、疾病、生死、科技、醫療。儘管和他當初面對的困難沒法比，我還是折騰了小一年，感謝諸多親友的幫忙，「九號院」

在 2017 年 12 月 31 日協和百年的最後一天啟用。從真正的東單三條九號院走路幾分鐘就到，站在「九號院」的窗邊，看得見協和和紫禁城的屋頂，似乎看得見生老病死，似乎又悲催地想起老教授們的叨叨：如臨深淵，如履薄冰；學不貫今古，識不通天人，才不近仙，心不近佛者，寧耕田織布取衣食耳，斷不可作醫以誤世。

我以前似乎從來沒做過類似不計回報的事兒，從這次開始，我開始相信念力，開始相信一粒渺小的沙子也有它自己的力量，開始相信一些超越輪迴的美好總能用某種形式接續。

2018 年，協和新的百年的開始，願我們繼續有一顆偶爾 18 歲的心，「願你出走半生，歸來仍是少年」。

我們如何做慈善？

我上的協和醫學院是洛克菲勒二世拿洛克菲勒一世的錢蓋的。一百年來，這個醫學院的畢業生不到區區三千人，但是在很大程度上促進了這個世界上人口最多的國家變得更加健康。我寫過一篇〈我們為甚麼做慈善〉，從讓世界變得更美好的效果來看，我猜測，興辦協和很有可能是人類有史以來最大的慈善事業。

寫完〈我們為甚麼做慈善〉之後，有個問題一直在我腦海裏：我們理解了做慈善的必要性之後，我們應如何做慈善？

第一，我們要養成分享的習慣。

在我們活着的時候，習慣性地拿出收入的十分之一來做慈善。

在人類漫長的演化過程中，我們漫長地生活在匱乏之中，我們習慣性地缺乏安全感，如今，我們要學會和這種恐懼做鬥爭。一個人的衣食住行其實可以很簡單。仔細檢點自己，很多人超重，而一天去樓下買一個煎餅和一瓶香檳就足夠一天所需的營養，我們不需要那

麼多食物；很多人衣櫥滿滿，如果不是從事時尚行業，如果只是活到 120 歲，一輩子不再買任何一件衣服，衣櫥裏的衣物也足夠遮體救寒；北京已經有接近一千公里的地鐵，城市核心區乘私家車的速度往往小於徒步、小跑或者快走的速度，滴滴的服務也越來越快捷、可靠，宅男、宅女如果萬一想出行，已經變得挺簡單；我問過一個很好的建築設計師，一個人到底最少需要多少面積住房就可以體面地生活，他很肯定地回答我：「12 平方米。」

一個人體面生活之外的錢財都是身外之物，生不帶來，死不帶去。錢財如果數目巨大，只是成就事功的資源；如果數目不大，都可以拿出來做慈善。如果因為根深蒂固的人性編碼，不能全部拿出來做慈善，那就每年拿出收入的十分之一來做慈善。

圍繞身外的錢財，我見過很多奇葩。比如，喝不出長城乾紅、智利乾紅和 1982 年拉菲之間區別的男子，因為錢花不完，一定要喝羅曼尼康帝（La Romanee-Conti），而且一定要喝價格最低、最物超所值的羅曼尼康帝。比如，一定要把很多錢留給兒子，惘然不顧把很多錢留給一個資質平平的兒子其實是讓他吸引很多騙子然後黯然神傷的最好方式。比如，認為自己是天選之人，所有的道路都光明，所有的橋樑都堅固，結果亂投資，十年前靠運氣掙的錢，這幾年憑本事都輸光了。

每年捐出十分之一的習慣可以從很小的時候開始養

成：小時候十分之一的壓歲錢，沒錢可捐的時候捐出十分之一的可用時間，省下一趟和情人的旅行。

我問過一個富二代：「你父親為甚麼那麼有錢了還是那麼貪婪？憑他的智商，這麼多錢已經足夠讓他惹禍上身了。」富二代用了一個比喻回答我：「如果一個從小餓大的人，一直吃不飽飯，一生中終於有了一個機會吃自助餐，錢已經交了，人已經在餐廳裏了，您覺得他能忍住不往死裏吃嗎？這其實已經和飢餓本身無關了。」

第二，救急不救貧，授人以魚不如授人以漁。

某社會科學研究表明，簡簡單單給窮人一筆錢，不能從根本上改變其窮困的狀態。彩票中獎的人或者某天晚上打麻將贏了把巨資的人，之後最常見的結局是又輸回去了。

「世間數百年舊家無非積德，天下第一件好事還是讀書。」教會貧困的人正確的三觀、讀書的習慣、做事的常規和方法，他們會自己慢慢戰勝貧困。

第三，有錢並不可恥（如果在過程中沒嚴重破壞國法和江湖道義）。

做慈善，出錢、出力、出資源，在多數情況下，要先致富。多數大慈善家都是大富豪（反之，大富豪多數都是大慈善家，當然不成立）。

第四，慈善機構也要爭取盈利。

非營利機構不等於不盈利，非營利機構只是不能分紅，只是不以利潤最大化為第一目的（而是把功德最大化放在首位）。

「非淡泊無以明志，非寧靜無以致遠」，亞當・斯密說，「商業是最大的慈善」，非營利機構甚至應該奮力逐利。時間就是生命，效率就是金錢，從管理提升中要價值，從減少浪費中要盈利，能夠自己造血的非營利機構往往才能走得長遠。

第五，慈善機構從業人員也要有成事的追求。

慈善也是事業，不是玩票，不是隨便幹幹，不是成不成無所謂。做出大善也是不朽，任何不朽都需要艱苦卓絕的努力。成功不可複製，成事可以修成。

第六，慈善機構從業人員做事情的出發點應該是無我。

做慈善的時候，不要總想着自己如何牛、如何聖母、如何苦行、如何站在道德的制高點俯瞰蒼生。做慈善的時候，要多想想他人和事情：他人需要甚麼？此事為甚麼重要？此事應該如何做？

第七，慈善機構從業人員也應該過上體面的生活。

慈善機構從業人員應該比的是成就慈善事業，而不是比誰的工作和生活條件更慘。

一世界的油膩，
一個人的樂園

2017 年 8 月，我到威尼斯大學交流短篇小說寫作，晚上倒時差睡不着，在自己的微信公眾號上發表了一篇雜文〈如何避免成為一個油膩的中年猥瑣男〉，主要的目的是自省。文章發出去之後我就睡了，醒來之後發現我的手機已經被我的這篇文章刷屏，無問東西，不分男女，人人自查，人人自危，一週後，從後台看，直接閱讀量超過五百萬。

為甚麼會這樣？為甚麼每個人都擔心油膩？

是因為這是一個油膩的世界嗎？所以世界裏每個人都擔心自己不能幸免地變得油膩，這種油膩會讓人在夜晚獨自醒來時六神無主？

是在油膩世界裏，人性深處對彼此的恐懼嗎？「在一個油膩的世界裏，你堅持直立行走而不是在地上爬，就很容易被絆倒；你認真排隊，就很容易被插隊，贏不了戰役也贏不了戰爭；你抑制自己好勝之心，最可能的結果是把有可能非常美好的世界留給無數二貨。」

是因為在這個油膩的世界裏，人們慾望的性質庸俗

到太油膩了嗎？人們慾望的數量多到太油膩了嗎？人們滿足慾望的方式低到太油膩了嗎？「誰說錢是衡量人類的唯一標準？誰說最富的人就是最偉大的人？為甚麼不能把自己理解不了的美好留給能夠欣賞的人？為甚麼不能把我們今生享受不了的資源留給我們的後代或者來生？」

我問過我老媽，您在生命的尾聲，為甚麼還是那麼多慾望？清心寡慾不就不油膩了嗎？為甚麼收拾了三天房間，最後的結果是甚麼都沒扔掉，撿回了三盆巨大的蟹爪蘭？我老媽回答：「我如果沒了慾望，我就不是活物了。我生，故我欲。我欲，故我生。生而為人，慾望滿身！」

甚麼是慾望？近觀慾望之海，想起了甚麼？

我想到了如下的漢語：沸騰，玄妙，舞夜，繁星，地震，大雨，枯坐，靜觀，流水，花開，天理，野草，肉香，自然，輪迴，無序，不息，凌亂，危險，興奮，慌張，風暴，彩虹，生機，運動，破壞，尋常，逃脫，無助，潛入，掙扎，撲火，非我，狂喜，活着，妥協，兩難，無奈，接受，裂縫，創造，殘缺，夢幻，沉溺，虛妄，爆炸，驅動，深淵，希望。

一個人一生努力的目標，是讓慾望水波不起？是消滅一切升起的慾望？還是盡力滿足一切揮之不去的慾望從而走馬一生？

每個人的答案很可能不一樣，也不應該一樣。世界

美好的程度和人類的多樣性成正比。

　　但是，在一個油膩的世界裏，在無盡的慾望之海中，可以有個自己的樂園，和其他人無關，和境遇無關，甚至和物質條件無關。

　　這個樂園可以大到宇宙，以宇宙為維度，你我都是塵埃。

　　這個樂園可以是百平方米方圓。

　　抄詩處。眼。書房。神交。在書房，古今中外偉大而獨特的靈魂通過文字、經過眼睛、蔓延到手、抵達心靈、糾纏魂魄。

　　遊魂處。身。臥室。意淫。在臥室，肉身滾床單，魂魄暫別肉身，自由自在，去它自己想去的地方，我想你，和你無關。「休説萬事轉頭空，轉頭之前皆夢。」

　　時忘處。意。禪室。物哀。在禪室，器物減到不能再減，慾念忘到不能再忘，剩下的器物是甚麼？剩下的慾念是甚麼？剩下的你是你的哪個部份？

　　撕經處。耳。浴室。扯脱。在浴室，扯脱衣物，坦誠自見。經不能不念，但是經不是佛。衣物不能不穿，但是衣物不是真我。脱衣如撕經，洗肉身如洗塵世。

　　不醒處。舌。餐廳。醉歸。在餐廳，如果不能飲酒，為甚麼要做成年人？如果菜不好，喝酒。如果酒不好，再多喝點。總能接近開心。醉鬼，醉歸，明月隨我，一去不回。

　　落魄處。鼻。花園。無我。在花園，世間的草木都

美，人不是。中藥皆苦，你也是。無論如何，不知為何，花總是能治癒。我不在的時候，請自行進入我的花園。

　　這個樂園當然也可以很小，小到一個長期的愛好、一個你愛也愛你的人、一個理想、一場雨、一個缽。

　　　　一缽即生涯，隨緣度歲華。
　　　　是山皆有寺，何處不為家？
　　　　笠重吳天雪，鞋香楚地花。
　　　　他年訪禪室，寧憚路岐賒。

　　願你和我一樣，有個或大或小的自己的樂園。

附錄：生命不盡，慾望不盡
——答《馮唐樂園》展覽

　　1、甚麼是你心中的「樂園」，能否從空間和精神兩個角度說明一下？

　　簡單說，在一個油膩的塵世，一個渺小的個人的渺小的樂園就是個人渺小的靈魂和肉身舒適沉溺的地方。

　　2、色慾是慾望中非常重要的一種，藝術在很大程度上也是在視覺愉悅上建立的。此次展覽我們將你的文字

和藝術作品結合，你是如何理解這種基於視覺和觀看的慾望的？

我不是學中醫的，也不是中醫迷，但是我聽一個老中醫說：眼睛是人體第一大穴，人要學會如何開以及適時閉。

相對其他感官，人類從視覺得到的信息似乎最多、最直接，但是，這些信息不是全部，遠遠不是。

3、如果能把慾望寄託在一件器物上，你會選擇甚麼？

一缽。一個又能喝水、又能喝酒、又能吃飯、又能接受施捨的缽。如果是宋代建窰的就更好了。

4、常常在電視節目中看到你有燃香的習慣。燃香對你而言意味着甚麼？你常燃的香是甚麼味道？

嗅神經是人類十二對中樞神經中的第一對，也是最古老、最隱秘、最難以描述的神經。我基本能淡定，有很好的睡眠，哪怕面對最美的廬山煙雨、最猛的浙江潮。但是我不能淡定的時候，失去睡眠的時候，焚香能幫助我。我焚沉香原木的時候比較多，線香或香粉或合香的時候少。

5、當你獨自在寺廟中，你最想聽到甚麼聲音？

風聲，雨聲，小童散場聲，松聲，雷聲，竹葉聲，

落葉聲，腳步聲。

6、為甚麼覺得煎餅加香檳是絕配？為甚麼對煎餅有如此深的感情，以至於立志 70 歲以後做出北半球最棒的煎餅？

煎餅可以一餅而獨立，一餅治癒所有人類個體的飢餓（煎餅基本款是素的）。香檳可以一酒而獨立，一酒消滅所有人類個體的愁苦。幾乎沒有飢餓是可以拒絕煎餅的，幾乎沒有香檳是難喝的。

我 27 歲前，很多飢餓是煎餅救的。直到今天，我很多愁苦是香檳救的。我今生或者來生釀不出好的香檳，但是我想，我或許能做出北半球（那就是全球啦）最好吃的煎餅。我要用北京協和醫學院的精益求精和麥肯錫的戰略眼光來嘗試這件事，請給我一點時間。

7、此次展覽的餐廳部份，我們將展出藝術家以傳送帶演繹的當代版「曲水流觴」，你如何理解「曲水流觴」的當代意義？

好東西不分古今中外，好東西只反覆觸及人類。曲水流觴，生命不盡，流水不盡，慾望不盡，酒不盡，人不盡。

8、你對浴室給出了「撕經處‧扯脫」的解讀，在你的文章中也常見「扯脫一下」這樣的表述。「扯脫」的

含義是甚麼？它跟浴室這樣的空間有着怎樣的聯繫？

脫。脫下你認為你不能脫的，脫到你認為脫不下為止，然後再脫一件。坦誠面對自己和世界，認真想想，為甚麼不能坦誠。

9、有人說想像中的觸摸才是最性感的。你認為視覺或文字帶來的觸感與真實的觸感是否有落差？

那麼說的人是沒真的快活過。觸覺之美，無可替代。其他間接而來的觸感，都是二流，包括文字。

10、你對佛像的審美有哪些喜好或標準嗎？是否有某一類別或某一朝代的佛像特別吸引你？你的佛像收藏是否也按照某種線索進行組織？你對佛教的某個分支，如藏傳佛教，會感到特別親近嗎，還是在更廣泛的意義上理解和接受着佛教呢？

我對於佛像的審美非常簡單而寬泛：能讓我體會到真佛的，就是好佛像。我大愛中國北朝佛像（超過印度和東南亞的所有佛教古美術），亂世佳人，人生真諦。我沒有甚麼佛像收藏。我對於佛教理解甚少。我更喜歡把佛法當作一套三觀，我更喜歡原始佛教的四聖諦，我更喜歡琢磨打到我身上的佛法。

11、你是否有過求不得，被慾望折磨的經歷？那個欲求的對象是甚麼？

當然，太多了。一個包子，一套書，一個版面，一個考試第一，一件新衣服，一個女生，一筆錢，一件古美術，一部長篇小說的完成，一個十公里跑完，一個更好的醫院的誕生，一個團隊的崛起，一個輪迴的平穩，一朵花開，一場瘟疫的過去。

12、你曾說慾望就像個大毛怪。在你心中這個大毛怪有著怎樣的長相呢？你在怎樣的境遇下找到了和大毛怪和解的方式？

大毛怪就像或者就是所有的陰影。有光就有陰影，大毛怪的樣子就是所有陰影加總的樣子。

我一直忙碌，一直看準地面、發足狂奔，大毛怪似乎就不會太煩我了。但是它永遠不會掉隊，它一直等你不忙或者虛弱的時候，就會出現在你眼前。

和解的方式非常簡單，拿起、放下，多拿起一陣，多不忍心依舊放下。這樣，大毛怪就不會真的變成一個吞噬一切的怪物。

13、面對被各種慾望綁架的當代人，你有哪些建議？

追逐慾望，使命必達，道路本身會教會跑者一切。

小宇宙總大高于一切

冯唐

應云何住，云何降伏其心

1

致瘋子們

那些格格不入者

那些叛逆者

那些麻煩製造者

那些方孔裏的圓釘

那些另眼看世界者

他們不喜成規

他們不敬現狀

你可以引用他們、否定他們、誇獎他們、

　　詬病他們

但是你無法忽略他們

因為他們改變事物

因為他們推進人類向前

或許有人把他們當成瘋子

我們視他們為天才

因為人只有瘋到認為自己可以改變世界

才是最終改變世界的人

—— Steve Jobs Chapter 25 THINK DIFFERENT:
Here's to the Crazy Ones

2

看各地墓葬，哪怕是蕞爾小國的曾侯乙，都拚命給自己造老大的陵墓，拚命往陵墓裏塞東西。到了後世，這些東西被挖出來，用文物販子的詞彙形容，都是「一坑一坑的」。

人是有多不想死啊？人是有多戀物啊？

看二十四史，即使是在東晉十六國、五代十國等著名的亂世，一撥兒又一撥兒的武將文臣似乎毫無風險意識地出人頭地。「男子不能流芳百世，亦當遺臭萬年！」說這句話的大將軍桓溫在世時呼風喚雨，差點被禪讓，但是死去一千六百多年後，一千個人裏知道他的不會多於一個人。

人是有多想牛啊？人是有多想不朽啊？

2011年3月23日，江西文物部門接到群眾舉報，在南昌市新建縣大塘坪鄉觀西村老裘村民小組東北約500米的墩墩山上，一座古代墓葬遭到盜掘。經過五年的搶救性挖掘，挖出文物約萬件，出土了大量帶有「海」「昌邑」「海昏侯」等字樣的漆器、青銅器、印章和木牘，特別是內棺中提取了標註有「劉賀」兩字的玉印，所有信息提示，墓主人就是西漢第一代海昏侯劉賀。

> 羅袂兮無聲，
> 玉墀兮塵生。

虛房冷而寂寞，

落葉依於重扃。

望彼美之女兮，

安得感余心之未寧？

——漢武帝劉徹〈落葉哀蟬曲〉

在我心目中，劉徹這首情詩寫得比絕大多數真假六世達賴喇嘛倉央嘉措的情詩要好很多，很好地表達了亙古以來男人對於某類女人的思念，儘管我不知道詩裏思念的那個女人長得甚麼樣，但是我知道她一定美得迷死人不償命。劉徹和他在這首詩中思念的大美人李夫人生了劉髆，劉髆生了劉賀，劉賀是劉徹的孫子。

海昏侯劉賀的獨特之處在於 5 歲為王，19 歲為帝，二十七天後被廢，被幽禁十一年，30 歲時被封為侯。《漢書》記載，這個熊孩子在為帝的二十七天裏做了 1,127 件荒唐事，就算二十七天裏完全不合眼，平均一個小時幹 1.7 件荒唐事。這些荒唐事包括：到處亂跑、開快車、半天能跑二百里地，求購長鳴雞，向長安奔喪途中私載婦女，到了長安城郭門和城門不哭，進了未央宮之後淫戲無度，喝很多酒，招貓逗狗鬥虎鬥豹，等等。

出土文物的級別跨度極大，有些極其精美，有些明顯糊弄，從帝王級到侯級都有明確的典型器物。這從另一個側面見證了劉賀起起伏伏的一生。

3

2012 年，某日，我問羅永浩：「為甚麼要做手機？」

羅永浩反問：「如今你每天摸哪件事物最多？我要改變那個事物，我就要改變那個事物。」

那次聊天之後，我第一次認真審視周圍的現世，現世似乎已經大變。

我在網上買衣服多於在實體商店了。

我叫外賣多於在煎餅攤前等了。

我堅持在住的地方不裝電視、不裝網絡，儘管我也不清楚為甚麼要堅持。我最引以為傲的倒頭就睡黑甜覺的能力竟然也受到了手機的衝擊，我在 2017 年的夏天再次啟動我兒殘的意志力，爭取形成一個習慣：廁上、枕上、馬上，不看手機；再加上，聚會酒肉聊天時，不看手機。這個看似簡單的習慣，我估計，一千個人裏能做到的不超過一個人。

我在智能手機上下載了程維和柳青出生入死與舊勢力殊死搏鬥而長成了的滴滴，再不用在路邊揚手召喚出租車並和出租車司機四目相對了。我還打算試試共享單車。我喜歡共享單車漫天遍野的黃色，讓我想起二十多年前北京漫天遍野的麵的。

私營書商很多倒閉了，剩下的基本都被抓了，沒被抓的有數的幾個都在積極排隊上市以及涉足影視、網劇和遊戲。我問做過多年時尚雜誌的徐巍：「紙質雜誌還

有戲嗎？」徐巍説：「怎麼可能還有戲，你看路邊報刊亭還有幾個？」

路邊報刊亭倒是還剩幾個，一大半空間在賣飲料、零食、多肉植物。我買了一塊烤白薯，零錢不夠，報刊亭主説：「可以微信支付或者支付寶。」

4

2017 年 7 月 13 日，美國 FDA 腫瘤藥物專家以十票贊成、零票反對的結果支持諾華製藥的 CAR-T 細胞免疫療法上市，用於治療兒童和青少年急性淋巴性白血病。治療的原理並不複雜：從癌症病人身上獲取免疫 T 細胞；用基因工程技術給這些 T 細胞加上一個能識別腫瘤細胞並激活 T 細胞的嵌合抗體，使得這些 T 細胞變成能發動自殺性襲擊的 T 細胞；體外培養，大量擴增這些 CAR-T 細胞；輸回病人體內；嚴密監控免疫治療的副作用，抑制細胞因子風暴。

楊先達説，癌症在迅速變成一種常見病、慢性病和可治癒疾病。

楊先達是我在協和的大師兄，對於女人的審美常年和我高度一致，他在 20 世紀 80 年代就在 *Science* 雜誌上發表了用計算機模擬人類神經網絡的文章。在我認識的活人裏，楊大師兄是獲得學位最多的人。我問他：「這個事實説明你是特別聰明還是特別愚鈍？」楊大師兄反問：「師弟你寫了這麼多關於人性的書，你是活明白了

還是一直明白不了？」

在夕照寺，在四下無人的一個短暫的下午，楊大師兄和我說，他發明了一種絕對有效的癌症疫苗，對於沒得癌症的人效果絕佳，對於已經得了癌症的人也相當有效，但是這個疫苗一定通不過國內的法律法規。楊大師兄還和我說，他已經給自己打了，問我要不要打，而且可以打折。我問，疼嗎。他說，有 15 分鐘類似於被大馬蜂蜇了一樣的疼痛，然後就沒事兒了。

二十年前，我畢業論文探討的是卵巢癌的腫瘤發生學，正是因為覺得癌症調控之下死亡無法避免，才沒繼續做醫生；二十年後，似乎各種跡象表明癌症可以被治癒。

問題來了。如果癌症能被治癒，人類就向永生邁進了一大步，那退休制度該怎麼調整？婚姻制度該怎麼調整？更大範圍的人生觀、世界觀、價值觀該怎麼調整？房價該怎麼變？古董價格呢？

2000 年面試麥肯錫的最後一道題是：如果出現一種技術，能夠把原油從地底下零成本移到地面上來，而這種技術的發明者把這種技術無償公之於眾，我們的世界將如何改變？

2017 年面試試題可以改成：如果 2030 年，人類實現永生以及無技術障礙任意編輯受精卵，我們的世界將如何改變？

5

2014 年,我搬離深圳。離開深圳三年之後,出於各種原因又要常去深圳。我忽然發現,一個地方,只要靠近海洋、建個機場、給個三十年穩定的好政策,就會變成一個異常豐腴的好地方。土地有時候和人類一樣健忘,有時候比人類更有生命力。

如果想在中國找一個城市設總部,想把東西賣到世界各地,那個城市一定是深圳,不是上海。上海是外國人把東西賣到中國各地的城市。

我在深圳的最東邊參加一個國際基因組大會,組織機構的首席科學家和創始人之一楊煥明老師是我在醫學院上學時的遺傳學教授,而做具體項目的負責人每個都比我年輕很多。

基因解讀的項目負責人說,要把大數據的思維用在醫療上——很多病不知道深層原因只是因為積累的數據不夠多,如果有足夠多的錢去採集足夠多的關聯性很強的數據,以十萬、百萬計的樣本量就能揭示很多病因的秘密。統計學的各種工具我們早就有了,就是沒有足夠多的數據。現在,全基因組測序的成本不到 100 美金,將來可能變得更低,把全部冰島的人口都測一遍也花不了多少錢。基因編輯的項目負責人說,如果知道了病因的秘密,在我們都看得到的將來,通過基因調控很可能根治這些疾病。

我一邊替病人開心，一邊跳出來想，自然的調節能力在人類面前完全喪失之後，世界會是甚麼樣？

　　晚上吃飯，遇到十多個常在深圳的富二代，俊男靚女，彬彬有禮，有胸有腦，懂酒懂金融，似乎沒有一個有海昏侯的潛質。我一邊替他們父母開心，一邊跳出來想，如果百年內不革命，普通年輕人怎麼和他們競爭呢？再加上基因編輯技術，普通年輕人的下一代怎麼和他們的下一代競爭呢？

6

　　2017 年，某日，小蔣在灣區蘋果總部的食堂請我吃飯，除了食堂裏有的，還給我帶了蘋果總部附近小店賣的陝西肉夾饃。我們成了在蘋果食堂裏吃肉夾饃的唯一一桌。

　　硅谷裏的蘋果食堂和大城市核心區的蘋果展示店，應該是一個設計團隊做的：玻璃、水泥、挑空，盡量少的色彩。

　　小蔣啃着肉夾饃説：「如果有足夠多的數據，你的手機比你更懂你自己，比你心思最縝密的女朋友更懂你自己。未來的手機就是一個數據收集器，你怎麼拿手機，手指用甚麼力度和頻率碰了屏幕甚麼地方停留了多久碰的甚麼內容，你的心跳變化，你的眼球運動，你的表情變化，等等，都會被記錄下來，然後被存儲、被分析、被綜合、被解讀、被利用。蘋果手錶以及以後的可穿戴

設備、可植入人體設備（腦機接口也離實用階段沒幾年了）、智能家電、智能汽車都是數據收集器。喬布斯在死前似乎悟到了一件事，我來替他說一下啊，恆河沙就是數據，無盡的數據就是大千世界，對無盡數據的有效分析就是道。以後類似我們蘋果公司這類偉大的公司就是佛一樣的存在。」

我說：「那 iCloud 為甚麼不免費無限量提供？明顯犯了和微軟 Office 軟件不免費類似的錯誤。因小失大。另外，如果深度思考，怎麼能確定蘋果這類公司是佛不是魔？你知道嗎，我現在幾乎看不到新聞了，我看到的都是新聞 App 認為我想看的，比如我手欠點了一下蘭博基尼的視頻，之後總是出現超跑的內容；我點了一下楊冪，之後總是楊冪到底有沒有離婚。我去，一個新聞 App，這麼順着我有甚麼意思啊？你想想啊，之後的世界，除了《人民日報》和 CCTV，就是一群順着我的阿諛奉承類 App、總想從我這裏掏走錢或時間的奸詐小人類 App，這是一個甚麼樣的世界啊？如果我使用手機的數據經分析得出結論，我喜歡御姐、SM，然後就一直推送和輔助我接觸類似內容，這樣的公司是佛還是魔？這樣的公司如何定義惡？如何自己守住自己不作惡？」

小蔣默默地又啃了一口肉夾饃，我也默默地啃了一口肉夾饃。

7

　　公元前 221 年，秦始皇統一中國，不設諸侯，分天下為三十六郡，郡置守、尉、監，皇親國戚主要有功家族用公錢重賞，收繳天下兵器，統一度量衡，統一文字，統一車輛標準和道路標準，徙天下豪傑十二萬戶到都城咸陽。

　　此後，秦始皇死後很多年之後，秦朝滅亡很多年之後，公元 1973 年 8 月，毛澤東主席寫了一首七言律詩〈讀《封建論》呈郭老〉：

　　　　勸君少罵秦始皇，焚坑事件要商量。
　　　　祖龍魂死業猶在，孔學名高實秕糠。
　　　　百代都行秦政法，十批不是好文章。
　　　　熟讀唐人封建論，莫從子厚返文王。

8

　　2015 年，我搬回我的出生地，我老媽住在我隔壁的小區。我老媽能量太大，我逐漸有了自我意識後，先是不能和她住在同一間屋子，然後是不能住在同一套房子、同一個樓、同一個小區。德不孤，必有鄰，我哥比我更敏感，他不能和我老媽住在同一個城市。2016 年，我老爸走了之後，我覺得有義務更經常地去看看我老媽，一塊兒喝口酒。她在 80 歲之後，發生了一些變化，比如

酒量終於比我差了，另外的變化包括：不會用驚嘆號之外的標點符號了，衣服只愛大紅色了。她如果變成植物，整個地球上應該沒有比她更紅的花兒了。她繼續保持了她的語言天賦，我把她的金句加工成書面語言之後，很多人粉她，其中包括不少恨我的人。

老媽喝了一口龍舌蘭酒，告誡我：「你現在說話越來越有人聽了，你要更加小心。做人要圓滑。別人不愛聽的，不要說，尤其是那些人比你腰粗的時候。罵人也要在心裏罵，罵得多了，他們也能聽見，他們又沒證據，只能乾着急。」

我問老媽：「現在好還是過去好？」

老媽反問：「有甚麼區別嗎？」

我被問住了。

1971 年我出生，那前後，有很多文人死掉，有很多票，光有錢沒用，比如糧票、油票、肉票、布票、肥皂票、糖票、豆腐票、月經帶票等。

2017 年的某日，我和我老媽喝龍舌蘭酒，扯淡。在這前後，有很多許可證，光有錢沒用，比如「信息網絡傳播視聽節目許可證」「出版物經營許可證」「國產電視劇發行許可證」等。

1971 年，我們共享空氣和水。2017 年，我們在自己的住處裝了空氣淨化系統和水淨化系統，我們共享汽車、自行車、充電器、雨傘、景區房間。1971 年，打倒一個走資派，我們叫好。2017 年，抓走一個貪污犯，我

們叫好。

我和小蔣在蘋果總部分手的時候，下了小雨。小蔣說：「在這裏，我們相信，科技的進步能打破一切壁壘，政治的、經濟的、文化的、宗教的、人種的，科技的進步加上足夠的錢（如果是無窮無盡的錢就更好了）就能解決一切問題，讓世界更美好。比如，如果人類喜歡言論自由、信息自由，那就發射幾十顆衛星，在天上組網，提供免費無線互聯網接入。」

我反問：「科技領導一切就能避免任何『一個』事物領導一切造成的問題嗎？你提供全球免費無線互聯網接入，你無時無刻不收集數據，你用你的算法支持地球上任何一個地方的選舉，豈不是你支持的人有很大的概率可以獲勝？地球不是要進入一個被算法統治的時代嗎？就像現在這個實際負利率時代，銀行樂得免費給每一個地球人一張信用卡，讓全地球人的生活目的變成買、買、買。」

9

2017 年 3 月 30 日，我收到一份商業建議書：「彙報一下工作，我們做了一套體感互動的情趣軟硬件，功能研發已經完成。以此為基礎，現在在海外法律許可的區域市場以聯合運營的方式做『成人視頻互動娛樂平台』，軟件平台已經迭代到了第三版，硬件樣品已經出來了，有了投資就可以量產，翻譯成人話，我們要做一

個『全球二十四小時的線上成人影院』。」

我忽然想，上次我大面積的皮膚接觸、全身心地大面積的皮膚接觸另一個人類是甚麼時候？

> 手我是有的
>
> 就是不知如何碰你
>
> ——顧城

10

面對阿爾法狗，我有點慌，但是沒急。作為一個碼字半生的手藝人，我苦苦思考，在這個大趨勢下，應該如何困獸猶鬥。寫作的過程無法視頻化。我寫作不挑時間和地點，只要有點空餘時間，打開電腦，我就能寫，最好周圍沒人，我能穿個大褲衩子和 T 恤衫，最好能有瓶好紅酒或是威士忌，一邊喝一邊寫。我想像那個鏡頭畫面，毫無美感，一個穿着大褲衩子、駝着背的瘦子在手提電腦前手舞足蹈，以為電腦是鋼琴，以為自己喝高了就是李白。但是收集寫作素材的過程倒是可以視頻化：我走訪小說的原型，看看他們生活的環境，和他們好好聊聊天、逗逗逼、喝喝酒，探討一下他們心靈深處的人生困擾。

2015 年底的時候，我決定做個視頻節目，叫《搜神記》。當時沒有特別明確的意識，現在回想起來，我想做的是：借助神力，面對機器。

搜神記：搜，搜尋，找尋，探尋，挖一挖人性中最深的無盡藏；神，神奇，神聖，神經，神秘，那些有一些非普通人類特質的人，那些似乎不容易被機器取代的人，那些或許可以代表人類戰勝阿爾法狗的人；記，我穿着大褲衩子、就着酒把蒐羅的神力寫下來。經過幾輪溝通，騰訊視頻敢突破、敢嘗試，決定做，馬自達決定總冠名。

從製作視頻，到播出，再到寫短篇小説集，前前後後持續了一年半左右的時間。小説集定稿之後，我又看了一遍，我想我可以坦然面對機器了，阿爾法狗的出現並沒有動搖佛法的根本或者世界的本質，按照四聖諦去耍，阿爾法狗也可以變成像阿貓阿狗似的寵物。

第一，阿爾法狗們能做的事兒，就讓它們去做吧，既然它們能做得比人類好很多。就像四十年前有了電子計算器之後，沒事兒誰還手算、心算四位數以上的加減乘除開方乘方啊。就像現在多數人類不再關心溫飽一樣，未來多數人類也不用關心現在常見的工作。未來，有機器幹活兒，人類不需要做甚麼就可以活。

第二，阿爾法狗們能做的事兒，如果你做起來開心，你就繼續做吧。人類早就跑不過汽車了，但是不妨礙很多人熱愛跑步。圍棋還是可以繼續下，繼續在裏面體會千古興衰一局棋。阿爾法狗在，反而更容易讓人意識到，很多事，遊戲而已，何必張牙舞爪丟掉底褲。

第三，很大比例的人類要在機器搶走他們的工作之

前，抓緊學習，學會消磨時光，學會有趣，學會獨處和眾處。這件事兒現在不做，退休前也得做，晚做不如早做。最簡單的方式是看書和喝酒，稍複雜一點的有旅遊、養花、發呆、寫毛筆字和研究一門冷僻的學問（比如甲骨文或者西夏文字）。

第四，對於極少數的一些人，那些如有神助的極少數人，可以考慮從三個方面在阿爾法狗面前繼續長久保持人類的尊嚴。一是多多使用肉體，打開眼耳鼻舌身意，多用肉體觸摸美人和花草，這些多層次的整體享受，機器無福消受。二是多多談戀愛，哪怕墜入貪嗔癡，哪怕愛恨交織，多去狂喜和傷心。這些無可奈何花落去，機器體會不了。三是多多創造，文學、藝術、影視、珠寶、商業模式，儘管機器很早就號稱能創作，但是做出來的詩歌和小説與頂尖的人類創作判若雲泥。

《搜神記》小説集裏的所有故事，描述的都是這些似乎「我眼有神，我手有鬼」的人，這些人用獸性、人性、神性來對抗這個日趨走向異化的信息時代。

或許就在我敲擊蘋果電腦鍵盤、寫這篇文章結尾的時候，人類每天記錄的數據量超越了恆河沙數。

「須菩提，如恆河中所有沙數，如是沙等恆河，於意云何？是諸恆河沙，寧為多不？」

須菩提言：「甚多，世尊。」

「但諸恆河尚多無數，何況其沙。須菩提，

我今實言告汝，若有善男子、善女人，以七寶
滿爾所恆河沙數三千大千世界，以用佈施，得
福多不？」

　　須菩提言：「甚多，世尊。」

　　佛告須菩提：「若善男子、善女人，於此
經中，乃至受持四句偈等，為他人說，而此福
德，勝前福德。」

——《金剛經·第十一品》

馮唐作偈曰：

　　　生而為人，用好肉身。
　　　此具肉身，包括靈魂。
　　　肉交神交，度己度人，
　　　酒足飯飽，關機睡覺。

書　　名　有本事

作　　者　馮　唐

責任編輯　陳幹持

美術編輯　郭志民

出　　版　天地圖書有限公司

　　　　　香港黃竹坑道46號

　　　　　新興工業大廈11樓（總寫字樓）

　　　　　電話：2528 3671　傳真：2865 2609

　　　　　香港灣仔莊士敦道30號地庫（門市部）

　　　　　電話：2865 0708　傳真：2861 1541

印　　刷　亨泰印刷有限公司

　　　　　柴灣利眾街德景工業大廈10字樓

　　　　　電話：2896 3687　傳真：2558 1902

發　　行　香港聯合書刊物流有限公司

　　　　　香港新界荃灣德士古道220-248號荃灣工業中心16樓

　　　　　電話：2150 2100　傳真：2407 3062

出版日期　2021年7月／初版